그냥
떠나는
거야

Einfach Abhauen

by Gudrun Pausewang

ⓒ Nagel & Kimche im Carl Hanser Verlag München Wien 1996

Korean Translationⓒ 2004 by Pulbit Publishing Co.

All rights reserved.

The Korean language edition is published by arrangement with

Nagel & Kimche im Carl Hanser Verlag GmbH & Co. KG through MOMO Agency, Seoul.

풀빛 청소년 문학 1

그냥 떠나는 거야

초판 1쇄 발행 2004년 11월 15일 / 초판 3쇄 발행 2010년 5월 6일

글쓴이 구드룬 파우제방 / 옮긴이 김경연 / 펴낸이 홍 석
편집진행 전소현 · 서진원 / 디자인 서은경 / 마케팅 양정수 · 김명희
펴낸곳 도서출판 풀빛 / 등록 1979년 3월 6일 제8-24호
주소 120-818) 서울특별시 서대문구 북아현 3동 177-5
전화 02-363-5995 (영업), 02-362-8900(편집) / 팩스 02-393-3858
homepage www.pulbit.co.kr / e-mail pulbitkids@hanmail.net

ISBN 978-89-7474-969-9 43850

이 책의 국립중앙도서관 출판시도서목록(CIP)은 e-CIP 홈페이지(http://www.nl.go.kr/cip.php)에서 이용하실 수 있습니다. (CIP제어번호: CIP2004001985)

＊ 책값은 뒤표지에 표시되어 있습니다.

그냥 떠나는 거야

구드룬 파우제방 글 | 김경연 옮김

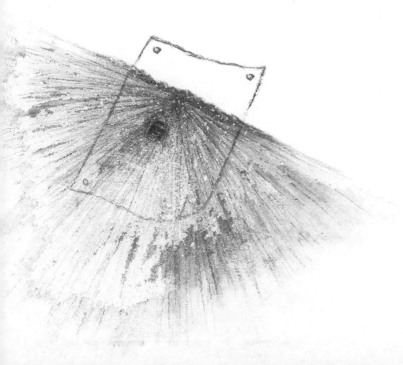

1

폭풍 전야의 고요함. 내 속에서 무언가 부글부글 끓고 있다. 벌써 몇 주 전부터 그랬다. 요즘 들어 점점 더 나빠진다. 숨이 가쁘다. 끔찍하다.

나는 클람메르트에게 신선한 공기를 좀 마셔야겠다고 말했다. 그러자 그의 눈길이 엑스레이처럼 나를 꿰뚫고 지나갔다.

"너, 세상의 짐이란 짐은 혼자 다 짊어진 사람 같다. 오늘 아침까지 텔레비전 앞에 앉아 있었지?"

그가 물었다.

나는 대답하지 않기로 했다. 그가 믿거나 말거나, 난 어제 저녁 여덟 시에 이미 침대 위에 퍼져 있었다.

밖으로 나왔다. 영어 시간에 많이 늦은 건 아니지만, 어쨌거나 난 이미 층계 위에 와 있었다.

발을 질질 끌며 느릿느릿 학교 마당을 건너는데, 내 자신이 할아버지 같다는 생각이 들었다. 먹다 버린 햄 빵에 쯱 미끄러지고, 터벅터벅 문을 통과해서 횡단보도의 줄무늬 앞에 섰다. 자동차도, 오토바이도, 트럭도 브레이크를 밟지 않는다. 소비 사회는 바쁘기만 하다. 기다릴 수 있는 건 학생들이다.

나는 기다리지 않고 그냥 걸었다. 타이어에서 찌익 소리가 나며 열린 BMW 창문에서 누군가 악을 썼다. 그가 브레이크를 밟은 건 잘한 거다. 엄청 번거로운 일을 면한 거니까. 그러나 건너편 인도로 올라서기 직전에 난 택시에 발꿈치가 치일 뻔했다.

5월의 태양, 눈부신 하늘, 뻔뻔스러울 정도로 푸르른 나뭇잎들. 날개를 들어올릴 듯한 미풍, 꽃봉오리를 터뜨리게 하는 날씨. 하지만 내게선 내부 압력은 올라가지만 아무 꽃봉오리도 터오르지 않는다.

결정을 내려야 할 아침이었다. 어쩌면 나는 이미 결정을 내렸을 수도 있다.

내 생각은 방금 전에 있었던 수업 시간을 휘젓고 있다. 생물

6

시간이었다. 여선생 뮐러초퍼가 시험지를 돌려주었다. 나는 중간 문항에서 10점을 받았다. 그러나 불쌍한 스벤은 2점밖에 얻지 못했다. 형편없는 점수다. 팀 역시 창백한 얼굴로 의자에 앉아 있었다. 얼굴을 씰룩이며 앞을 뚫어지게 응시하고 있었다. 아무 말 없이. 하긴 말할 필요도 없다. 그가 시험을 망쳤다는 건 척 보면 알 수 있었다.

스벤이 자제력을 잃고 공책을 바닥에 내동댕이치더니 분노한 고릴라처럼 소리를 내지르며 쿵쿵 짓밟았다. 누군가 놀라서 날카롭게 킥킥 웃자, 스벤은 의자를 움켜잡고 한바탕 휘두르고는 교실 안으로 휙 내던졌다. 시험관 하나가 칠판에 부딪쳤다.

픽! 쨍그랑! 스탠드에서 영사기가 기우뚱 기울어졌다. 그 다음 스벤은 비틀비틀 자기 자리에 앉더니 얼굴을 팔짱 낀 팔에 묻고 책상 위로 푹 엎드려서는 여섯 살짜리 아이처럼 울부짖었다.

헉, 뭔가가 위(胃)를 스쳐 지나갔다. 옛날 그리스 사람들의 견해에 따르면 위는 영혼이 있는 곳이란다. 영혼이란 게 무엇인지 모르지만 말이다. 대부분의 사람들은 영혼이 심장에 있다고 하지만, 난 영혼이 심장에는 없을 거라고 확신한다. 어떤 사람들은 영혼을 배에 갖고 있는 것 같다. 어떤 사람은 손가락 끝에, 또 어떤 사람은 눈에. 그렇다면 그 사람은 영혼의 눈을 갖고 있는 게 되겠군.

어쨌건 나는 폐에 영혼을 갖고 있다. 난 그렇게 믿는다. 만약 내가 영혼이란 것을 갖고 있다면 말이다.

나는 왼쪽을 본다. 뒤쪽에 돔 사원이 있고, 그 앞에 관광버스들이 서 있다. 나는 그 쪽으로 가지 않는다. 그곳에서는 너무 교회 냄새가 난다. 로자리오 묵주를 감아 늘어뜨리고 망자들에 대한 생각을 뇌까리고 다니는 노파들 냄새가 난다. 나는 곧장 공원으로, 초록빛 속으로 뛰어간다. 아이들 놀이터가 나올 때까지.

팀은 끊임없이 알레르기로 고생하는 데다가 결벽증에 사로잡힌 해면질의 거인이다. 옛날에 몇 번 그의 집에 간 적이 있다. 그의 아버지는 아들에 대해서 언제나 최고만을 바라는, 예를 들어 아들이 의사가 되기를 바라는 엄격하고 절대적인 아버지들 가운데 하나다. 신분의 상징을 중요시하는 물신주의자이며 출세주의자이고 극도로 권위적이다. 나는 팀이 아버지 앞에서 주춤주춤 걸어가는 것을 먼발치에서 본 적이 있다. 그는 어떤 은행의 지점장이다. 언제나 매끈하게 빼입고, 언제나 넥타이를 매고 있다. 언젠가 나는 팀에게 너희 아버지가 너 있는 데서 방귀를 뀐 적이 있느냐고 물었더랬다. 팀은 기겁을 했다. 아무리 그냥 물어보는 것이라 해도 그렇지, 어떻게 아버지하고 방귀를 연결시킬 수 있어! 불경도 이만저만이 아니다!

팀의 엄마는 어떤가? 마치 알을 품고 있는 암탉 같다. 끊임없이 팀 주위에서 꼬꼬댁거리며 헤집고 다닌다. 특히 팀 때문에 직장에 다니지 않는단다. 우리가 저학년이었을 때 팀의 엄마는 날마다 아들을 붙들고 책하고 씨름을 했다. 나중에는 과외 선생들이 차례차례 문을 열고 들어왔다. 그 뒤로 나는 팀이 아무리 애걸복걸해도 더 이상 그 집에 가지 않았다. 내가 간다고 해도 기껏해야 주말에나 허락되었을 거다. 팀의 엄마는 평일에 학교 친구들이 찾아오는 걸 탐탁지 않게 여겼으니까. 숙제를 마치고 난 다음 기분 전환을 하는 것조차 탐탁지 않게 여겼다.

이 시간에 아이들 놀이터는 대부분 비어 있다. 유치원 꼬맹이들은 조금 더 있다가 나온다. 나는 그네에 앉아 있는 것을 좋아했다. 사흘 전부터 그랬다. 쉬는 시간에 나와 앉아 있었다. 열여덟 살이 넘은 학생들은 쉬는 시간에 학교를 벗어나도 된다. 나는 그끄제부터 열여덟 살이 되었다.

학교에서 멋대로 나올 수 있다니, 우스꽝스런 느낌이다. 이제 나가도 되느냐고 물어보거나 나가게 해 달라고 부탁할 필요가 없다. 원하는 대로 할 수 있다. 성인이 된다는 것은 진지하게 받아들여진다는 뜻이며, 스스로 책임을 진다는 뜻이라지.

이런 말은 모두 생일 축하 식사를 하고 난 다음 어르신께서 하신 연설에서 들었다. 우리는 일요일 오후, 가장 비싼 레스토랑에서 식사했다. 난 넥타이를 하고 갔다. 아버지는 나보다 생일이 이틀 빨랐는데, 함께 축하하자고 고집했다. 어머니는 눈물샘에 손수건을 갖다 대고 아버지는 엄청나게 거드름을 피우는 그런 자리는 포기할 수 있다면 포기하고 싶었다. 그가 한가운데 앉고, 모두 합해 스물여덟 명의 손님들이 다 같이 그를 응시했다. 나도 그를 응시했다. 드디어 그는 두 시간 동안 야금야금 자신의 존재를 즐길 수 있는 기회가 온 것이다. 그는 할 말이 많았다. 한도 끝도 없이 많았다. 어머니도 그에 지지 않았다. 내가 우물우물 음식을 먹는 사이사이로 줄기차게 말소리가 들려왔다. 몇 년 내내 들었던 말이었다. 우리 요나스는 말이죠, 얼마나 온순한 아이인지 몰라요…….

우리 부모의 진짜 자식은 내가 아니라 그들이 공동으로 돌보는 것들, 즉 목과 코와 귀였다. 그들은 둘 다 이비인후과 의사이다. 이비인후과 의사를 스페인어로 하면 '오토리놀라 링골로고'이다. 사전에서 발견했다. 우연히.

난 부드럽게 몸을 흔들거렸다. 난 그렇게 하는 걸 좋아한다. 어쩌면 엄마 자궁 속 쾌적한 온도로 맞추어진 양수 속에서 그렇게 흔들거렸을 거다. 식초에 담가 놓은 오이피클처럼 가볍게 몸을 구부리고, 아홉 달 동안. 나는 엄마와 그렇게 오랫동안 함께 있었다. 흔들흔들, 흔들흔들.

생일 식사에 초대받은 사람들 가운데 3분의 2는 우리 부모의 친구와 친척들이었다. 내가 선택할 수 있었던 것은 3분의 1뿐이었다. 나로서는 거기 온 다른 사람들을 모두 초대하고 싶지 않았다. 예를 들어 다그마 이모와 그 일족. 그 일족은 나에게는 정말 으악이다. 슈피텔러 부부하고 바이첸베르거 부부도 초대하고 싶지 않았다. 그들은 내게 단지 축하 인사라는 일정한 의무를 치른 뒤, 나머지 시간은 아버지한테 딱 들러붙어 있었다.

내가 초대할 수 있었던 사람들 가운데 그 자리에 온 것은 절반뿐이었다. 왜 그랬는지 이상하다고? 얌전하게 앉아서 한 입 한 입 음식을 먹으며 다소곳이 어른들 이야기에 귀를 기울이고 있다가 예의바르게, 그것도 너무 큰 소리로는 말고, 웃어 주는 걸 상상해 보라!

정말이지, 그건 괴로운 일이다.

오늘 밤 우리 집에 올래? 때때로 내가 그렇게 한 마디 하면 기대했던 것보다 두 배가 온다. 그러면 방은 거의 터질 지경이 된다. 하지만 난 우리 노친네들이 확실히 집을 비울 때만 그렇게 한다. 우리 노친네들은 종종 사회적인 의무를 이행하기 위해 집을 비운다.

고양이 한 마리가 스르륵 지나간다. 비로드 하트가 붙어 있는 빨간 목줄을 한 뚱보 고양이가 덤불 속으로 들어간다. 국제적인 브랜드의 고양이 사료 키테카트와 위스카스를 먹겠지. 어쩌면 방글라데시에 사는 어미 고양이들은 제 자식들에게 키테카트를 먹일 수 있다면 기뻐할 것이다. 광고를 보면 그건 촉촉하고 맛깔스런 시리얼이다. 이 브랜드가 찍힌 깡통 사료를 그릇에 채우면 세계의 모든 고양이들이 다가온다!

장담하거니와, 이렇게 호강에 길든 고양이는 이제 쥐를 잡지 못할 거다.

스벤은 교장에게 불려 갈 거다. 하지만 경고를 받는 것으로 끝날 거다. 스벤의 아버지가 영사기와 시험관 값을 물어 줄 것이고 거기다 덤으로 학교 도서관에 얼마를 기부할 테니까.

팀은 어쩌면 또 사흘 동안 모습을 보이지 않다가 의사의 진단서를 가지고 나타날 거다. 알레르기에 따른 신경과민이라는 진단서. 팀의 피부는 정말 화산 지대처럼 여드름이 다닥다닥한 데다가 따끔따끔 쑤시기까지 한다. 팀을 건너다보면 노상 긁어 댄다. 그 애를 행복하게 하려면 '영어 시간 휴강!' 이라고 외치면 된다.

똥 같은 학교! 학교는 우리 편을 들지 않고 부모들에게 굽실거린다. 우리와 연합해서 새 게임 규칙을 세우면 좀 좋은가!

숨을 크게 들이쉬자.

난 열여덟 살이다. 성년 기념으로 운전면허도 땄다. 어제 면허증을 가지러 갔었다. 아직도 방금 받은 듯 새 것 냄새가 난다.

그 일요일에 식탁에서 난 연설을 할 수도 있었을 거다. 전 마치 물음표들에만 매달려 앞으로 나아가는 것 같습니다. 어둠 속에 대고 소리치는데 메아리가 들리지 않습니다. 마치 벽들이 사방에서 조여 오는 것 같습니다. 성년은 아직 제게 맞지 않습니다. 전 길을 잃고 헤매고 있으며 몹시 외롭습니다. 우리 젊은이들을 기다리고 있는 것이 두렵습니다. 넥타이가 목을 조르는 것 같습니다. 부모들의 사회는 문제들을 전가시키고 있습니다. 자기들 문제가 아니라 우리들 문제라고 하면서요. 분노가 입니다. 학교를 보자면 할아버지 시대부터 변한 것이 없는 것 같습니다. 연회석—그들이 이

단어를 어떻게 발음하는지 지금도 들린다!—주위에서 벌어지는 모든 짓거리들이 싫습니다! 싫어요, 싫다고요! 차라리 자기들끼리 내 생일 파티를 하지.

잠시 쉬면서 기력을 모으자. 숨을 들이쉬자.

어쩌면 우리들 가운데 많은 아이들은 실업 수당을 받으며 한창 좋은 시절을 겨우겨우 건너야 할지도 모른다. 그런데도 학교에서는 이피게니에[괴테의 희곡 — 옮긴이]를 읽힌다. 기후가 점점 더워진다고 한다. 지구 온난화. 너무 빨리 더워져서 우리의 자식들이 햇볕 속에서 놀려면 모자를 쓰고 긴 팔 옷을 입어야 할지도 모른다. 그런데도 우리는 문법 따위로 골치를 썩고 있다. 세계의 굶주린 사람들이 유럽으로 몰려오기 시작했는데, 우리는 라틴어를 배우고 있다!

이건 아니다! 열여덟 살이 되었다면 이건 아니라고 소리치며 거리를 행진해야 하지 않을까? 봉기해야 하지 않을까?

나는 당신들이 생각하듯이 온순한 아이가 아닙니다. 아니고 말고요. 나는 아버지의 말을 중단시켰어야 했다. 그가 내게 생일 선물로 수바루 알라트 승용차를 줄 거라고 했을 때(주문은 했지만 아직 배달되지는 않았다.), 그는 열광적인 갈채를 받았다!

버스들이 다니는 방향에서 시끄러운 소리가 들렸다. 웃음보따리를 한 짐 부려 놓는 것 같다. 와그르르 가동 중인 웃음보따리를. 왁자지껄 소음이 점점 커지며, 덤불 사이에서 모습이 나타난다. 한 떼의 늙으신네들이 마치 멧돼지 떼가 진흙탕을 지나오듯 떠들썩하게 놀이터로 건너온다. 과체중이 심각해 보이는 한 쌍이 사람들이 와르르 웃어 대는 가운데 시소에 오르고, 미라가 치장한 것처럼 보이는 노인이 아이들의 놀이 그물 속으로 들어간다. 전통 의상을 입은 노인 셋은 평균대 위에서 균형을 잡고 있다. 철봉에서는 아인슈타인처럼 생긴 비쩍 마른 노인이 다른 노인의 도움을 받아 두 팔을 뻗어 하체를 흔든다. 노파 둘이 다른 그네를 놓고 다툰다. 한 노파는 쪽머리가 풀어지고, 다른 노파의 입에서는 틀니가 빠져나온다.

　모두 놀라울 정도로 정정하다. 그들 대부분이 앞으로 십 년, 심지어는 이십 년을 더 살 거다. 늙는 게 유행인 거다.

　소풍 온 분위기다. 늙으신네들은 거침없고 발랄한 아이들처럼 여행을 즐기고 있다.

　"가려는 건 아니겠지?"

　백 살은 먹었을 노파가 유리벽돌과 같은 강도의 안경 유리알 너머로 물었다.

"우리, 가서 저 아이를 밀어 주자."

안경 쓴 노파 옆에 있던 뚱보 노파가 말한다. 두 노파는 그네를 당기며 나를 흔들어 주려고 애쓴다. 나는 밧줄에 달라붙어 이를 드러내며 내 구역을 지킬 태세를 한다.

"벌써 턱에 털이 아홉 가닥이나 났구먼!"

철봉에 매달린 늙은이가 외친다. 와르르 웃음소리.

나는 발을 지익 긁으며 제동을 걸고 발뒤축을 모래에 박고 버틴다. 온 떼거리가 내 주위에 모여들어 그네를 지키려는 내 모습을 재미있어 한다. 난 웃음거리가 되었다. 나는 격분해서 마침내 그네를 포기한다.

"젊은이, 다른 때 와서 타게."

아인슈타인과 닮은꼴의 늙은이가 말한다.

"그래, 젊은이. 우린 더 이상 옛날처럼 초라한 늙은이들이 아니야."

안경 쓴 노파가 말한다.

"게다가 유권자 대중에서 차지하는 비율도 점점 더 커질 거고. 우린 곧 뭔가를 보여 주게 될 걸세."

틀니를 박은 노파가 말을 가로챈다.

오락에 대한 욕망과 영향력에의 의식, 삶에 대한 갈망으로 압력을 행사하는 다수가 되겠군. 누군가 목쉰 소리로 말한다.

"이 시대에 더 멋진 나라는 없을걸."

다른 이들이 동조한다. 자갈길을 걸어오던 유치원 아이들이 깜짝 놀라 멈춰 서서 말끄러미 쳐다보더니 길을 되돌아가 초록빛 배경 뒤로 사라진다.

나는 도망쳤다. 보호구역 점령자들의 웃음소리가 뒤에서 울려 퍼졌다.

아쉽게도 빗방울은 떨어지지 않았다.

2

학교에 들어서니 벌써 쉬는 시간이었다. 같은 과목을 듣는 아이들이 내게 비죽 웃어 보인다. 한 녀석이 말했다.

"나도 종종 질식할 것 같더라. 하지만 난 감히 그 말을 입 밖에 내진 못했지."

종이 울린다. 모두들 교실이 있는 쪽으로 움직이기 시작한다. 나만 빼놓고. 나는 위층 교장실 쪽으로 간다. 누군가 뒤에서 소리친다.

"야, 요나스. 너 방향을 잘못 잡았어. 이쪽이야!"

모두들 웃는다.

난 방향을 잘못 잡은 게 아니었다. 10분만 기다리면 교장이 시간을 내줄 수 있단다. 운이 좋군.

교장은 놀라긴 했어도 침착하게 굴었다. 무엇보다도 왜 왔는지 궁금해했다. 그는 우리 부모들을 잘 알기 때문이다. 우리 도시에서 우리 부모를 모르는 사람이 누가 있을까? 나는 면담실에서 교장과 마주 앉아 이야기를 한다.

나는 늘어놓을 이유들이 빈약하다는 것을 알아차린다. 그래도 오해의 여지는 없다. 첫째, 잠시 학교를 떠나려고 한다. 그렇지 않으면 질식해 버릴 거다. 둘째, 숨을 돌릴 수 있는 휴식이 필요하다. 셋째, 하지만 다시 돌아와 학업을 계속할 거다.

이상 끝. 교장 쾨르너 박사는 마치 방금 월요일 열한 시에 지중해에 달이 떨어진다는 말을 들은 것처럼 나를 말끄러미 쳐다본다. 그런 다음 여비서를 시켜 내 성적부를 가져오게 한다.

이번에는 내가 놀란다. 무엇 때문에 그게 필요한 걸까? 그는 성적부를 넘기며 비교를 해 보고 안경을 올렸다가 내린다. 그러더니 화난 소리로 말한다.

"학생은 이번 학년을 반복할 필요가 전혀 없는데!"

나는 조금 더 상세하게 설명한다. 하지만 그는 성적부에서 눈을 떼지 않는다.

"화학이 조금 약하긴 하군."

내 말을 듣지 않는 건가? 그래도 설명을 시도해야 한다. 난 다시 말을 시작한다. 더욱 상세하게.

"내년에는 이 과목을 선택하지 않을 수도 있지."

그가 내 말을 끊는다.

"그밖에는 성적이 좋군! 그런데 왜 포기하려는 건가!"

나는 숨을 깊이 들이마시고 가만히 있다가 훼방꾼 아이에게 말하듯 그에게 말한다.

"저는 포기하지 않습니다. 다만 휴식이 필요할 뿐입니다."

이제 교장은 의사의 진단서가 있느냐고 묻는다. 의사의 권한에 속하는 질병 때문이 아니라는 이야기를 듣자 그는 벌떡 일어서며 짖어 댄다.

"구체적인 이유가 없는 학업 중단은 관례가 없네! 없고말고!"

"관례는 없겠지만, 그것이 반대 논거가 될 수 있습니까? 콜럼버스의 아메리카 항해도 관례가 있었던 일입니까?"

내가 대답한다.

쾨르너 박사는 보라는 듯이 왔다 갔다 한다.

"자네 나이 때는 관례를 기준으로 삼아야 하네."

나 : 전 불법적인 일을 하려는 게 아닙니다.

20

교장(숨을 헐떡이며) : 자네 행동을 따라 하는 학생들이 생긴다면 우리 교육체계에 어떤 혼란이 올지 잘 생각해 보게!

나는 놀란다. 저 인간은 상급 학생들 일부가 안식년을 도입할 수도 있을까 봐 공포에 떠는군!

교장은 온전히 한 해를 빈둥거리며 헛되이 보내는 것에 대해 우리 부모가 뭐라고 하는지 알고 싶어한다. 그것도 학년이 끝나기 두 달 전에, 아니 한 달 반 전에! 긴긴 방학이 손짓하고 있는 때인데. 조금만 기다리면 자유에의 욕망에 맘껏 지배당할 수 있는데…….

나(목소리를 높이며) : 지금이어야 합니다! 전 충분히 오랫동안 생각했습니다!

교장 : 자네 부모님, 그분들은 뭐라고 하시든가?

나(입가를 조롱하듯 내려뜨리며) : 그분들은 아직 모르십니다.

교장(눈을 크게 뜨며) : 그럼, 자네는 부모님과 상의도 하지 않고 내게 온 건가?

나 : 부모님은 토요일까지 학회에 가 계십니다.

그는 내 어깨에 손을 얹으며 지껄인다.

"그럼 우선 부모님이 돌아오실 때까지 기다렸다가 의견을 가져오기를 바라네. 그분들이 아무 생각 없는……."

"저는 성년입니다!"

내가 거세게 말을 끊는다.

교장은 이제 내게 화가 났다.

"달리 생각해 보기를 바라네."

그가 퉁명스럽게 말한다.

"생각이 변함없으면 다음 주에 비서한테 퇴학 증명서를 받으러 오게."

여비서에게서 바이올렛 향기가 물씬 풍겼다. 나는 다시 복도로 나왔다.

나는 5미터 다이빙대에서 깊은 물 속으로 뛰어내렸다가 다시 위로 올라온 듯한 느낌이 든다. 간단히 말해, 마비가 된 듯 얼얼하다.

늙은 뢰슬러 선생님이 방금 옆을 지나간다. 역사를 가르치는 여자 선생님이다. 난 늘 뢰슬러 선생님을 좋아했다. 선생님한테는 어떤 일이 있어도 작별 인사를 하고 싶다. 뢰슬러 선생님은 그럴 가치가 있다.

내가 말을 걸기도 전에 뢰슬러 선생님이 걸음을 멈춘다.

"무슨 일이니? 얼굴이 창백하구나."

선생님이 걱정스레 묻는다.

뢰슬러 선생님은 여전히 반말을 쓰지만, 난 기분 나쁘지 않다. 나는 선생님에게 내 결심을 설명한다.

"그래, 잘했다. 마침내 말과 행동이 일치하는 사람이 되었구나."

선생님은 내 손을 쾌활하게 누르며 작별의 말을 덧붙인다. 밖에 나가면 처음에는 잘 지내지 못할 거야. 먹고 먹히는 것에 익숙해지고 게임 규칙을 꿰뚫어 보게 될 때까지는 그럴 거야. 그러나 절대 포기하지 마. 겉으로는 아무 전망이 없어 보여도 절대 포기하지 마.

"네가 탈 기차가 이미 떠났을 것 같아도 플랫폼으로 달려가는 거야. 기차가 늦게 출발할 수도 있으니까. 또 있어. 더 나쁜 상황은 없을 것 같아도 꼭 그렇지는 않아."

알겠어요, 사랑하는 뢰슬러 선생님.

뢰슬러 선생님이 내게 삶의 연륜에서 오는 지혜의 물을 뿌리고 있는 동안 깐깐이 겔레르트 선생이 뒤뚱뒤뚱 걸어와 비서실로 사라진다. 뢰슬러 선생님이 말을 이어 간다. 누가 뭐라고 하든 네가 가진 비전과 이상향을 버려서는 안 돼. 인류의 역사는 종종 꿈에 의해 조종되어 왔거든. 프랑스 혁명을 생각해 보렴. 아니면 원시 기독교를 생각해 보거나!

뢰슬러 선생은 말을 할 때 침을 튀기는 것으로 유명하다. 그러나 그녀는 선생들 가운데 몇 안 되는 종교인이다. 난 그 점이 중요하다고 생각한다. 그러면 튀어나오는 침방울을 무시할 수 있다. 정신뿐만 아니라 육신도 갖고 있으니까. 지금 쉬는 시간 종이 울리건만, 그녀는 빠른 어조로 구원이라는 것이 있다면 인류는 오로지 꿈을 통해서만 구원될 수 있으리라고 토로한다. 너무도 강력해서 행동으로 옮기지 않으면 안 될 꿈들…….

그녀는 내 두 손을 흔들고 나서 총총 걸음으로 떠나간다. 나는 감동하여 그녀의 뒷모습을 바라본다. 헉, 숨을 헐떡이고 싶은 욕구가 다시 일었음에도 불구하고.

겔레르트 선생이 등을 한껏 젖히고 폼을 재며 비서실에서 나오더니 내게 독수리처럼 매서운 눈길을 던지며 내 앞에 걸음을 멈추고 서서는 고개를 젓는다. 쾨르너 교장이 열 내며 모든 것을 이야기한 것이 분명했다.

"자네는 우리한테 무엇을 기대하는가?"

그가 차갑게 묻는다.

"능력 사회는 냉혹하네. 학교는 그 사회의 관리인일세. 일찌 감치 사회와 그 게임 규칙에 익숙해질수록 아픔도 덜해지지. 그것 을 거부한다면 결과는 치명적일세. 마약 밀매꾼들 사이에서 끝장 나지 않도록 조심하게. 노숙자 보호소라든가 아니면 감옥에서 끝 나기 십상이지!"

그런 말로 그는 나를 세워 놓고는, 다시 한 번 반쯤 돌아서서 내 어깨 너머로 으르렁거린다.

"자네 부모님한테 부당한 일일세."

이 주장에 격분한 나는 그에게 울부짖고 싶다.

"그럼 저한테 부당한 일은 어떻게 하나요?"

그러나 저런 유형의 인간은 사람을 이해하지 못한다. 아니면 이해하려고 들지 않거나. 그렇다면 어떤 노력도 헛되다.

3

다시 종이 울린다. 짧은 쉬는 시간이었다. 하지만 나는 말 한 마디 없이 사라지고 싶지 않았다. 그러면 도망치는 것처럼 보이리라. 나는 마침 발을 질질 끌며 교실로 가고 있는 반 친구들을 따라잡았다. 내가 부르자 그들은 걸음을 멈추고 돌아서더니 놀라워했다. 한 시간을 그냥 빼먹다니!

내 말은 폭탄과 같은 효과를 일으켰다. 학교를 그만두고 떠난다고? 집을 나가? 학교를 떠나? 반년이나 1년쯤? 아마도, 아니 1년 전부. 쌔앵 뒤도 안 돌아보고 세상으로 나간다고? 세상의 끝으로 갈 수도 있다고? 오, 이런. 굉장하다! 우와…….

"혼자? 그럼 재미없을 텐데!"

조피가 주제넘은 질문을 했다.

어떤 아이들은 내 용기에 놀라며 내가 부럽다고, 내 결심에 공감한다고 말한다. 어떤 아이들은 회의적인 눈초리로 "생각 없이 행동한다." 느니 "후회할 거다."라는 말을 왕왕거리며 인생의 실패를 예언한다. 어떤 아이는 내가 절대로 다시는 학교에 모습을 보이지 않을 거라고 장담한다. 누가 자진해서 감방에 돌아오겠냐는 거다. 그러나 학교를 안 다니면 내 경력은 철저히 망칠 거란다. 아비투어[고등학교 졸업시험. 우리나라 수능시험과 비슷하다 — 옮긴이]가 없으면 아무것도 아니니까.

그에 반해 뜨겁게 부러움을 표하는 아이들도 있다. 자유로운 1년은 이 위대한 교육 제도에 투입할 만한 가치가 있다면서.

우리가 핵 선생이라 부르는 물리 선생 샤를로테가 교실로 살랑살랑 들어왔다. 그러나 그녀는 학생들이 들어오기를 기다려야 한다. 어떤 아이는 학교와 군 복무나 공익 근무, 대학 공부, 이 모든 것을 차례차례 훑어 내린다면 빨라야 스물아홉에 끝난다고 계산한다. 스물아홉이라, 숨가쁘고 부산한 능력 사회에 먹히기 전에 이미 청춘은 지나 버리고 말지. 깊이 숨을 들이쉬며 살 짬은 없어지는 거야.

"제발, 신사 숙녀 여러분!"

핵 선생이 더 참지 못하고 문에서 소리친다.

무리가 굼뜨게 움직이기 시작한다.

"모든 학생들에게 그런 안식년이 제공되어야 해."

평소에는 아주 조용한 브리기트가 말한다.

"언제 쓸 것인지, 시간은 정하지 말고. 그러나 그러려면 보조금이 있어야 하겠지. 그렇지 않으면 어떻게 자유를 위한 돈을 마련하겠어?"

나는 말문이 막힌다. 그 점은 거의 잊고 있었다. 우리 집에서 돈은 큰 문제가 아니다. 그러나 우리 반에는 돈 한 푼 한 푼이 문제인 가정이 있다. 부모들이 실직을 하고 있거나 형제자매 가운데 대학생이 있거나 빚이 있는 것이다.

"이제 그만!"

핵 선생이 쨍쨍거린다.

붉은 자줏빛으로 물든 얼굴이 그녀의 기분을 알려 준다. 아이들 무리는 내키지 않는 걸음으로 교실로 밀려 들어가고, 교실에서는 여느 때와 같은 냄새가 풍겨 나온다. 땀과 화장품, 칠판지우개 냄새가 뒤섞인 냄새.

"그럼, 가다가 발병 나라, 요나스. 그런데 어디로 갈 거니? 알

래스카? 뉴질랜드?"

"아직 몰라. 우연에 맡겨야지."

"끝내 준다."

"편지 써!"

팀이 그렇게 외치고 문을 닫는다. 그러나 문이 다시 열리고 팀의 보름달 같은 얼굴이 말풍선을 달고 나타난다.

"하지만 집 말고 학교로 보내야 해. 왠지 알지?"

문이 닫힌다. 그럼, 알지.

이제 나는 복도에 혼자 서 있다. 그러나 더 이상 마비된 느낌은 아니다. 나는 정말 뒤도 안 돌아보고 쌔앵 날아간다. 위로, 위로, 날아올라 떠나자!

이제 모든 것이 고속 촬영으로 진행된다.

텅 빈 방갈로와 같은 집으로 가자! 우리 집 파출부 외프너 부인이 열심히 거실 카펫을 청소기로 밀고 있다. 꿍음. 내가 인사하자 그녀도 인사를 받는다. 나는 내 방으로 쏜살같이 달려가 오디오 세트와 컴퓨터와 그 부속물, 슬라이드 영사기를 어머니 차에 싣는다. 그들이 학회에 타고 간 것은 아버지 차 메르체데스 300 SL이다. 귀중품 두 아름에다 금 넥타이핀하고 그것과 세트인 커프스도

차에 싣는다. 내 예금 통장은 주머니에 있다. 난 이제 성년이니까, 그럴 수 있다.

외프너 부인이 '맛있는 그리스 경단 수프'를 먹으라고 한다. "아니면 푸딩은 어때? 금방 만들어 줄게. 파인애플 절임을 곁들여서." 그녀는 내가 무엇을 좋아하는지 안다.

하지만 난 배가 고프지 않았다. 어쩌면 지금 내 영혼이 늘어나서 위 속을 가득 채우고 있는지도 모른다.

중심가로 달려간 나는 내 물건들을 가능한 한 좋은 값에 넘기려고 애를 쓴다. 최근 들어 나는 늘 중고상을 눈여겨 봐 두었고, 어디에다 컴퓨터 같은 것을 내놓으면 되는지 알아 두었다. 이제 나는 돌아다니면서 독수리 같은 상인들의 제안을 비교해 보면 되었다.

하지만 그러느라 하마터면 은행을 잊을 뻔했다. 나는 은행 문이 닫히기 15분 전에 유리와 대리석의 홀로 들어갔다. 약관 때문에 복잡한 문제가 있었다. 나는 먼저 열여덟 살임을 증명해야 했다.

비록 숨은 찼지만, 그거야 당연히 증명할 수 있다.

얼마나 인출하려느냐는 질문에 나는 숨을 헐떡이며 "전부요!"라고 대답했다. 은행원은 대단히 침착하게 3개월 동안의 해약

유예 기간이 있으며 당장 해약할 경우 선불 이사가 있음을 알려 주며, 적어도 10마르크[옛 독일의 화폐 단위로 1마르크는 약 600원 - 옮긴이]를 남겨 두어 예금 통장의 유효성을 보존하라고 충고한다. 네, 좋습니다. 먼 훗날, 늦어도 1년 뒤에는 다시 올 테니까요. 네, 모두 달러로 바꿔 주세요. 달러는 어디서나 통하니까요.

역으로 가는 길에서 우리 반 여자 애가 손짓한다. 안식년을 이야기했던 비르기트다. 나도 겨우 손짓으로만 인사하고 쌩 자리를 떴다. 지금은 시간이 없다.

헬러라우 여행사에서 비웃음을 당했다. 오늘 저녁, 늦어도 밤에 떠나겠단 말입니까? 그으렇게 빨리는 안 되는데요! 크리스트 여행사에서는 얼마 전부터 전세편 여행만 전문으로 한다고 했다. 안타깝지만, 더 도와줄 게 없다고 했다. 찬터 여행사에 갔더니 나와 엇비슷한 나이의 청년이 다짜고짜 가장 가까운 비행장으로 가서 출발 임박 비행기 표가 있는지 알아보라고 충고했다.

위가 텅 빈 상태로 다시 집으로 돌아오니 외프너 부인은 이미 가고 없었고 온 집안에는 정적이 감돌았다. 다만 이따금 부엌 냉장고에서 모터 도는 소리가 들렸다. 나는 거실에서 음악을 틀었다. 안 돼, 소리가 너무 커, 하는 크기로. 물론 클래식이다. 어떤 게 소장할 가치가 있는 음악인가를 결정하는 것은 부모들이다. 그들에게는 클래식 말고는 음악이라고 불러도 될 만한 것이 없다.

모차르트 같다. 그래, 아마데우스는 명랑한 소년이었을 거다. 그렇다고 꼭 온순하지는 않았을 거다. 로케트와도 같은 삶. 쉿쉿거리며 위로 올라간다! 불이 비처럼 쏟아지다 꺼진다. 지금 그의 음악은 정적을 죽이는 킬러로 유용하다.

다락으로 올라가 배낭을 가져와서는 짐을 쌌다. 여권, 예방접종 증명서, 운전면허증, 주소록, 티셔츠와 청바지를 챙기고, 속옷과 양말, 세면도구, 반창고, 머그잔, 열쇠, 숟가락을 무수히 많은 배낭 주머니에 쑤셔 넣는다. 여벌 신발도 한 켤레. 물론 침낭도 준비한다.

무엇을 더 가져가야 할지 더 이상 떠오르지 않는다. 어쩌면 모차르트 때문일 수도 있다. 그는 이따금 진짜 천재적인 악당이 되는데, 그거야 어쩔 수 없는 일이다. 보통 때 나는 이런 느낌을 가진 적이 한 번도 없었다. 어쩌면 지금의 예외적인 상황이 어머니가 곧잘 말하듯 나를 '과민' 하게 만들었기 때문일는지도 모른다.

나는 달러를 나눈다. 몇 장은 지갑에 넣고, 몇 장은 비닐로 싸서 신발 속에, 그리고 대부분은 목에 거는 작은 가방에 넣는다.

어머니의 자동차 열쇠는 다시 복도의 열쇠고리에 걸어 놓아야 한다. 차고 문은 닫았나? 지하실 문은? 테라스 문은? 내 열쇠는 갖고 간다. 집에 돌아올 때를 위해서다. 그때까지 그들이 내가 떠난 것을 전혀 모르고 있더라도 난 놀라지 않을 거다. 하지만 이건 좀 악의적인 생각이다!

마지막으로 나는 소파 탁자 위에 쪽지가 팔락거리게 놓아 두었다.

아직 알아차리지 못했는지 모르지만 저는 떠납니다. 조금 오래 떠나 있을 거예요. 어디로 갈지는 아직 몰라요. 돈은 충분히 가져갑니다.(제 돈입니다.) 이따금 소식 전할게요. 안녕히 계세요.

아들 요나스 올림.

'아들' 이란 글자 위에 죽죽 줄을 그어 지운다. 그리고 그 밑에 추신을 쓴다.

추신 : 다음 주에 학교에 가서 퇴학 증명서를 가져다 주세요.

음, 조금 흥분들 하시겠군. 무엇보다도 사람들에게 무슨 말을 할까? 가장 손해가 안 되는 쪽으로 표현하겠지? 이미지 훼손이 가능한 한 적은 쪽으로?

나는 다시 한 번 내 방에 시선을 던졌다. 모든 것이 어머니가 좋아하는 대로 깨끗하게 정리되어 있다. 그러나 장롱 문을 열어 보면 완전히 카오스다.

모차르트가 끝난다. 나가자!

4

이제 나는 구름 위에 있다. 구름 위에는 아직 자유가 있다고들 한다. 그러나 밤이라 보이지 않는다.

모든 것이 매끄럽게 잘 되었다. 울타리 너머에서 이웃집 할아버지가 콧수염 사이로 "어디 멀리 여행 가는가?" 하고 외쳤다. 그는 왕년에 선장이었는데, 이제는 선장이 아니라는 사실을 애달아하는 노인이다.

버스를 두 번 갈아타며 역으로 가는 데 걸린 시간은 초특급 열차 이체에를 타고 역에서 공항까지 가는 데 걸린 시간보다 더 오래 걸렸다. 역으로 가는 길은 신경이 쓰였다. 아는 사람을 만나고 싶지 않았기 때문이다. 무엇보다도 학교 친구들은 만나고 싶지 않았다. 그들의 물음과 놀람이라니, 지독하게 부담되었다.

그런데 역 앞에서 하필이면 팀에게로 달려가고 말았다. 그는 거의 내 목을 부둥켜안고 마치 내가 새로 발견된 2만 미터 봉의 등반을 위해 떠나는 라인홀트 메스너['세기의 철인' 이라는 별명을 갖고 있는 이탈리아 등반가 ─ 옮긴이]나 되는 듯이 찬미했다.

"용기가 대단해! 그렇게 쉽게 그냥 세상 속으로 떠나다니!"

그는 거듭거듭 속삭였다.

그의 목소리가 어두워지며 목쉰 소리를 냈다.

"네가 떠나는구나. 넌 언제나 내게 잘해 주었는데……. 한 번도 날 젖은 걸레짝처럼 다루지 않았지……."

팀은 충견 같은 눈으로 나를 쳐다보았다. 잘못했다간 나를 핥을지도 몰랐다. 그의 말이 옳다. 그에게는 친구가 없냐고? '친구를 찾습니다.' 라고 공고를 내야 할 판이다. 그래서 팀은 자신에게 좀 친절하다 싶으면 이렇게 들러붙는다.

"그럼 같이 가자."

내가 말했다.

"무슨 생각하는 거야, 우리 부모님은 절대……."

팀이 놀란 눈으로 속삭였다.

"너도 벌써 열여덟 살이 되었잖아."

36

나는 초조하게 그의 말을 끊고, 발차 시간이 적힌 표지판까지 그를 끌고 갔다. 운이 좋았다. 7분 있으면 기차가 온다. 그는 플랫폼까지 나를 배웅했다.

"왜 부모한테 물어봐? 나도 부모하고 상의하지 않았어."

내가 그를 날카롭게 바라본다.

"우리 집에서는 생일이 지나도 아무 변화가 없어."

팀이 서글프게 한숨을 쉰다.

"그럼 네가 바꿔 봐!"

내가 열차 문에서 그에게 소리쳤다.

"이건 그들의 인생이 아니라, 네 인생이야. 눈 딱 감고 밀어붙여 봐!"

"말은 쉽지."

그가 중얼거리며 머리를 긁적였다.

"역에 나오는 허락을 받으려고 얼마나 애를 써서 밀어붙였는지 넌 모를 거야!"

맙소사. 가정 비극이 있었다는 말처럼 들리는군. 게다가 오후 내내 나를 찾아 역을 뒤진 것 같기도 했다. 하긴 그랬을 수도 있다!

팀의 두 눈이 홍수 속에 있었다.

"편지 쓰겠다고 약속해!"

문이 닫힐 때 그가 다짐하라는 듯 외쳤다. 나는 유리창을 통해 고개를 끄덕여 보였다. 그와 동시에 그의 부모들이 언젠가 한번 된 통 당하기를 기원했다. 부디 사자의 아가리 앞에, 빙빙 도는 레미 콘 통 속에, 소방 호스 주둥이 앞에, 리히터 등급 강도 7의 지진이 날 때 엠파이어 스테이트 빌딩 속에 있어 보시길!

그래, 난 그에게 편지를 쓸 거다.

공항은 내게 새로운 것이 하나도 없다. 부모님과 휴가 여행도 갔고, 같은 반 친구들과 런던에도 갔다. 펜팔 친구를 만나러 혼자서 마드리드에 가기도 했다. 공항은 어디나 똑같다. 별 필요 없는 비싼 물건들이 가득한 가게들, 인공조명 밑의 부산한 움직임들, 젊은 패션으로 차려입은 재잘대는 할머니들과 '당신이 옳아!' 하는 표정의 할아버지들. 그러나 그 사이에 고맙게도 터번을 두르고 수염을 기른 외국인이 있었고, 현란한 무늬의 긴 옷을 입고 낭랑한 소리로 웃어 대는 아프리카 흑인 여자가 있었다. 그 흑인 여자 덕분에 말로르카로 단체 여행(60세 이상만 있는 비수기의 단체 여행)을 떠나는 독일인들의 모습이 눈에 들어오지 않았다. 여기서 나는 마치 인류의 최연소자를 대표하고 있는 듯이 보였다. 학생이

나 대학생 또래는 거의 보이지 않았다. 5월이니 놀라운 일이 아니었다. 학생이라면 열심히 공부하고 있어야 할 때다. 그때 홀 깊은 곳에서 위로하듯 아기 울음소리가 울렸다. 인간이라는 종은 아직 멸종하지 않은 것이다.

창구 앞에 사람들이 떼거리로 몰려 있었다. '그 자리는 내 거야.'라는 태도를 지닌 사람이 내게 부딪쳤다. 사과를 하기 위해 턱을 조금 내리는 것도 불필요하다고 여기는 유형의 인간이었다. 그는 전혀 아무것도 모르는 척 굴었다. 나도 부딪치는 것으로 되돌려 주었다. 한껏 비대한 금발 여자가 내 앞으로 끼어드는데, 한층 더 비대해지는 듯 눈 앞의 모든 것들을 가렸다. 나는 화가 나서 언성을 높였지만, 보아하니 그녀는 내 앞줄에 서 있던 파파노인과 일행이었다. 노인이 그녀의 비행기 표를 들고 있다가 내 코밑에 들이밀었다. 뒤에서 누군가 트렁크로 내 오금을 밀었다. 다시 한 번 빌어먹을! 이다. 적어도 틈새기 정도는 날 만큼 거리를 둬야 하는 것 아닌가!

겨우겨우 창구까지 나아갔는데, 잘못 찾아왔다고 했다. 하지만 거기서 찾아가라고 일러 준 창구는 비어 있었다. 출발 임박 비행기는 도쿄 행, 하와이 행, 칠레의 산티아고 행, 이렇게 세 가지였다. 나는 셋 가운데 하나를 고를 수 있다. 손님은 왕이니까.

하와이는 선택 대상에서 가장 먼저 빠졌다. 알로하 리듬이 흐르는 가운데 버뮤다 스타일의 반바지를 입은 묘령의 여자 여행객들 틈바귀에 끼어 있을 생각은 없었다. 도쿄 역시 제외시켰다. 왜냐고? 정확한 이유를 댈 수는 없다. 우선 거리 표지판들을 생각해보니, 그곳 글자를 읽을 수 없는 거다. 상점 간판과 신문의 헤드라인도 읽을 수 없다. 그러나 그것은 진짜 이유가 아니다. 나는 일본을 생각하면 우선 바글거리는 군중이 눈앞에 보인다. 기차에도 지하철에도 밖에서 꾹꾹 쑤셔 넣어지며, 도처에서 사람들이 밀쳐 대고, 도처에 줄이 길게 늘어서 있다.

나는 숨을 쉴 공간이 필요하다.

산티아고. 그래, 여기다. 이제 나는 그곳으로 간다.

그곳의 언어는? 나는 학교에서 3년 동안 자진해서 스페인어 수업을 들었다. 나는 언어들을 배우는 것이 재미있다. 게다가 마드리드에 3주 동안 머물기도 했다. 거기서 하비에르의 집에 묵으면서 아침부터 밤까지 스페인어만 썼다. 가장 혹독한 집중 코스를 다닌 셈이다. 그러니까 스페인어라면 어떤 건지 조금은 안다. 나는 3번 홀 서점에서 얼른 벨빙거 여행 안내서 칠레 편을 샀다. 앞쪽에

세 개의 거대한 이스터 섬 석상들이 텅 빈 풍경 속에 서 있고, 그 뒤에 바다가 있다. 뇌를 몇 번 회전시켜 스페인어 어휘들을 되살리고 벨빙거 여행 안내서를 가져가면 거기 가도 뒤집어진 풍뎅이처럼 바둥거리지는 않을 것 같았다. 기분이 좋았다.

중간에 런던 히드로에서 멈춘 뒤 이제 나는 보잉 747 속에 앉아 있다. 창 쪽의 살집이 엄청난 60대 여자와 복도 쪽의 마찬가지로 부피가 엄청난 브라질 상인 사이에 끼어 앉아 있다. 여자는 금발 곱슬머리이고 남자는 가르마를 완벽하게 타고 주름잡은 바지를 입고 있다. 마치 집게 사이에 끼어 있는 듯하다. 우리 앞 일등석으로 가는 칸막이 위에서 영화가 상영된다. 거의 모든 승객들이 헤드폰을 끼고 소리를 듣는다. 나는 그럴 마음이 없다. 귀가 눌리는 것 같아서다. 그래서 무성 영화를 본다. 보아하니 잃었다가 다시 찾은 감동적인 개 이야기다. 흑흑, 흑흑, 내 옆에서 박자들이 맞추어진다.

나는 죽을 정도로 피곤했다. 오늘 일정은 정말 빡빡했다. 피곤하고 또 영화와 관계 없는 문구들이 끼어들기는 해도, 어떤 스토리인지 조금은 이해한다. 높은 지능을 가진 베른하르트 종의 개가 극지방의 눈 속에서 수염 기른 주인을 파낼 뿐만 아니라 주인이 혹한의 쇼크에서 깨어나는 동안 통나무집을 정리한다. 거미와 죽은 쥐들을 쓸어 내고 벽난로의 불이 꺼지지 않게 하며 수프를 끓이고 수프를 맛보다가 주둥이를 덴다. 그러나 그것만이 아니다. 이 원기 왕성한 녀석은 가차 없이 혹독한 극지방의 겨울 속에서 반쯤 죽은 사람이 기침으로 토해 낸 빵 부스러기를 핥아 주기까지 한다. 마침내 개는 무한히 계속되는 숲에서 나와, 당차게 오두막에서 생계를 꾸려갈 생각을 하고 있는 게 분명한 여자에게 달려간다. 그리고 영화는 예상대로 끝난다. 남자와 여자는 베른하르트 개를 가운데 두고 서로 얼싸안고 세 사람의 눈은 촉촉이 젖은 채 생각에 잠겨 캐나다의 석양을 바라본다.

나는 그 와중에 쾨르너 교장이 오두막 위로 발을 쿵쾅거리며 걸어 올라가는 것을 보았다고 맹세할 수 있다. 아버지와 어머니가 고라니가 끄는 썰매를 타고 꽁꽁 언 호수 위를 휙 지나갔다는 것도. 이 광경은 나를 놀라게 했다. 베른하르트 종의 개가 버스에서 내린 노인들을 통나무집 빈 터에서 쫓아내는 것도 보았다. 그런데 내 자신이 짖기 시작했나 보다. 왜냐하면 창 쪽에 앉은 여자가 내 무릎을 부드럽게 두드리며 모든 것을 이해하는 할머니 같은 눈길을 내게 던졌기 때문이다. 하마터면 나는 그녀의 손을 물 뻔했다.

그런데 석양의 장면에서 그 숙녀 분께서는 해피 엔드의 행복에 젖어 한숨을 쉬고는 꾸벅꾸벅 졸기 시작했고, 지금은 코를 골고 있다. 오른쪽 남자는 쩝쩝 입맛을 다시며 자고 있다.

5

그러나 지금 나는 완전히 잠이 깨었고, 불안에 가득 차 있다. 마음속에서 지난 일들이 꼼지락꼼지락 되살아났다가 어느새 내 앞에 놓여 있는 불확실한 일들이 꼼지락꼼지락 떠올랐다. 밤은 길기만 한데, 우리는 밤의 방향으로 날고 있었다. 나는 괴롭게 밤을 통과하고 있었다. 엉덩이를 번갈아 조금 앞으로 당겼다가 다시 뒤로 당기고, 시선을 위쪽에 두었다가 다시 아래쪽으로 두었다. 위에는 깊은 어스름 빛이 지배하고 있을 뿐, 그밖에는 아무 일도 일어나지 않았다. 아래쪽에는 왼쪽 금발 숙녀의 기형적으로 부푼 발목이 보였다. 위치를 바꿔 보려고 오른쪽을 보면 브라질 인의 꾸벅대는 턱이 가로막았다.

내 오른쪽과 왼쪽은 자유의 왕국이로군! 나는 뚱보의 다리 위를 지나 잠시 화장실로 도망친다. 거기서는 적어도 코를 골거나 쩝쩝거리는 사람이 없으니까.

어쩌면 나도 파파노인이 되면 코를 골거나 쩝쩝거릴지도 모른다. 그럼 옆에 앉은 젊은이가 질색을 하겠지. 그렇게 생각해 봐도 상황은 바뀌지 않는다. 지금은 참을 수 없다. 정말 미치겠다!

나는 복도를 어슬렁어슬렁 걸었다. 많은 사람들이 코를 골며 자고 있다. 입맛 다시는 소리는 비교적 드물게 들렸다. 영화 스크린 바로 밑에 세 자리가 나란히 비어 있었다. 그러나 그 위로 막 젊은 엄마가 몸을 뻗고 누우려 한다. 그녀 옆, 벽에 아기 바구니가 아기와 함께 놓여 있다.

나는 비좁은 골짜기로 돌아온다. 코를 골던 여자는 지금 깨어 있다. 그녀는 내게 사탕을 권한 다음 아가사 크리스티를 읽는다.

나는 칠레에 가게 될 거다. 그곳에는 아는 사람이 없다. 그 나라는 조그만 독재자 피노체트 때문에 화젯거리가 되었다. 뢰슬러 선생님 말로는 지금은 다시 어느 정도 민주적이 되었다고 한다. 솔직하게 말해 난 이제까지 그런 것에 별 관심이 없었다. 내가 더 관심이 있는 것은 몇 센티 정도 더 큰 우리 독일의 독재자였다. 비록 반세기도 전에 스크린에서 사라진 인물이긴 하지만 말이다.

나는 칠레에.대해 무엇을 알고 있을까? 아무것도 모르는 거나 마찬가지다. 띠처럼 무한히 길고 좁은 나라. 머리는 열대에 꼬리는 한대에 있다. 왼쪽에는 태평양, 오른쪽에는 안데스 산맥이 있다. 인접국은 페루와 볼리비아와 아르헨티나다. 칠레 주민은 상당수가 백인으로, 남아메리카에 있는 유럽인 국가 가운데 하나다. 어머니는 한동안 이사벨 아옌데의 소설을 구하러 난리를 쳤었다.

또 무엇을 알고 있나? 곰곰 생각해 본다. 칠레에서는 초석과 구아노[해조의 똥으로서 비료로 쓰임 − 옮긴이], 과일과 생선이 난다. 또 지진이 잦다. 그곳에는 많은 독일인들이 사는데, 그들은 우리 본토의 독일인보다 더 독일적이라고 한다. 그들을 조심해야 할 것 같다. 사람을 원하는 대로 내버려 두지 않을 것 같으니 말이다.

나는 발파라이소에 대한 텔레비전 뉴스를 본 적이 있다. 전에는 모든 유럽적 편리와 호화를 보여 주는 영광스런 항구 도시였지만, 지금은 초라하게 죽어 가고 있다. 해마다 주민의 수가 감소하는데, 쥐들은 가라앉는 배에서 떠나는 법이다.

늙은 호네커[옛 동독의 당 총서기 − 옮긴이]는 죽기 위해 산티아고로 망명을 갔으나, 서둘러 죽지는 않았다.

나는 칠레에 아는 사람이 전혀 없다. 하지만 페루에는 있다.

그곳에는 아버지의 누나 헬라가 살고 있다. 집에서 그녀에 대해서 이야기하는 경우는 드물다. 헬라 고모는 어떤 식으로든 테두리 밖으로 나간 존재로 취급된다. 그녀는 어디에 분류해 넣을 수 없고, 기분 좋게 잡담 속에 끼어 넣을 수 없는 존재이다. 따라서 그녀는 대부분 언급되지 않는다. 헬라 고모는 수녀였는데, 환속해서 타크나의 슬럼가에 내려앉았다. 그곳에서 그녀는 부모님의 말씀대로 하면 '자선 활동'을 한다. 그녀는 1년에 한 번 4주 동안 독일에 와 묵으면서 교구민과 제3세계 집단 앞에서 사진 강연을 하고 기부금을 모은다. 그리고 그것을 갖고 가서 다시 활동을 계속한다. 나는 우리 집 이비인후과 의사들이 그녀에게 다달이 300마르크를 보낸다는 말을 들은 적이 있다. 이른바 양심을 속죄하기 위해서다. 또한 너의 관심사로부터 우리를 조용히 내버려 두라는 교환 조건이기도 하다.

그녀는 우리 집에 한 번도 오지 않았다. 로젤 고모한테만 간다. 로젤 고모는 아버지와 헬라 고모의 누이동생이다. 그녀는 아버지가 태어난 시골 농장에 살고 있다. 노르트뢴이라는 마을인데, 나는 어렸을 때 가끔 그곳에 갔다. 그렇지만 아버지는 시골뜨기 친척에 대해 이야기하는 것을 좋아하지 않는다.

어머니는 시골 출신이 아니라 함부르크 출신이다. 그녀는 새로 알게 된 사람들과 이야기를 나누게 될 때면 자기 아버지가 의대에서 유명한 이비인후과 교수였음을 암시하려고 호시탐탐 기회를 노린다.

그건 사실이다. 그러나 어머니는 그가 열광적인 나치였다는 사실은 뚜껑을 덮어 둔다. 그건 다그마 이모도 마찬가지다.

나는 외할아버지와 외할머니를 아직 잊지 않고 있다. 그러나 그때 이미 외할아버지는 조금 노망기가 있었다. 지금은 둘 다 몇 년 전에 돌아가셨다. 할아버지는 그냥 썩어 없어졌을 거다. 그는 영혼을 절대 믿지 않았으니까. 그러나 할머니는 아직도 영혼의 방랑길에 있을 것이다. 어쩌면 모기나 농어, 또는 두꺼비가 되어 나를 만났는지도 모른다.

어머니는 나치 아버지를 수치스럽게 여기지 않지만, 외삼촌 뤼디거는 수치스러워한다. 그는 이따금 우리 집에 와서 며칠 머물다 간다. 그러나 요즈음 우리 집은 손님을 초대하지 않는다. 전에는 우연이라고 생각했는데, 그게 아니었다.

뤼디거 외삼촌 역시 외할아버지의 뜻에 따라 의사가 되려고 했다고 한다. 그러나 여섯 학기를 마치고 도중하차했고, 사진작가가 되었다. 그것도 제법 성공한 사진작가가 되었다.

그는 사진집을 만든다. 신간이 나올 때마다 우리한테 한 부를 보내는데, 나는 언제나 그것을 찢어 핀으로 찔러 놓는다. 그의 사진들은 진짜 짱이다. '무덤 위의 천사들' 사진집이 그 예이다. 그것을 찍으려고 그는 전세계를 여행했다. 또 건물 전면의 돌로 만든 두상들 사진들이 있다. 탈화기[脫靴器, 신발을 벗을 때 쓰는 기구 — 옮긴이]를 찍은 사진들도 진짜 죽여준다! 그렇다, 나는 전에는 그것이 무엇인지도 몰랐다. 어느 날 외할아버지의 다락방에서 그런 기구를 발견하고, 그것을 가져다 뤼디거 외삼촌에게 보여 주었다. 그것을 본 외삼촌은 본격적으로 집을 떠나 그것을 모으기 시작했다. 그러니까 탈화기 사진집을 엮게 된 것은 사실 내 덕분이다.

가정 제단을 찍은 컬렉션도 냈다. 뤼디거 외삼촌은 어디서 뭘 찾아낼지 냄새를 잘 맡는다. 언젠가는 울타리 사진을 모았다. 심지어 캐나다의 북서부에 있는 투크토야크투크라는 곳에서 고래 갈비뼈로 만든 울타리를 발견한 적도 있다!

여기까지는 좋다. 그런데, 오 맙소사, 그는 게이다! 게다가 그 사실을 감추려고도 하지 않는다.

난 뤼디거 외삼촌하고 잘 지낼 수 있다. 게이냐 아니냐는 자기 문제다. 그러나 엄마는 언제나 내가 외삼촌하고 단 둘이 있지 않도록 신경을 쓴다. 외삼촌이 마지막으로 우리 집을 찾아온 두 번 다, 우리는 어머니에게 온갖 속임수를 쓰고서야 감시받지 않고 많은 시간을 함께 있을 수 있었다. 외삼촌은 내게 사진 촬영의 온갖 기술을 가르쳐 주었다. 그는 좋은 대화 상대이기도 하다.

나는 그에게 편지를 쓸 거다. 그리고 팀한테도.

내 오른쪽 이웃이 여기저기 뒤적거리더니 이제 귀찮게 향내를 풍긴다. 내가 어떤 종류의 향기를 좋아할지 결정을 내렸나 보다. 하지만 그건 내 코의 자유를 강탈하는 거다!

밖에서 밝은 띠가 보였다. 정확히 내 왼쪽 이웃의 젖가슴 바로 위쪽이었다. 여자는 아래턱을 위로 끌어올려 입 구멍을 닫은 상태였지만, 이제는 내게 거대한 온몸을 기대고 있다. 몸을 흔들어 봐? 재빨리 몸을 앞으로 숙여 봐? 그렇게 하면 여자는 퍼뜩 잠이 깰 거다! 그러나 그건 좀 비열한 짓이다.

우리 집 이비인후과 의사 선생님들께서 내가 없어졌다는 것을 알아차리기까지는 사흘이 남았다. 그걸 알고 나면 충격을 받을 거다. 우리 가문에서 세 번째 일탈자가 나온 것이니까. 헬라 고모, 뤼디거 외삼촌, 나.

난 더 이상 앉아 있을 수가 없다.

어쩌면 함부르크의 외할아버지도 계산에 넣어야 하는지도 모른다.

언젠가 학교에서 나는 외할아버지가 나치였다는 이야기를 했다. 그 말을 전해 들은 우리 부모님은 "우린 모릅니다."와 "애들 상상이죠."라는 말로 간단히 처리해 버렸다. 그러나 집에 와서 나는 아버지한테 따귀를 맞았다. 딱 한 대였지만.

공기가 너무 탁하다. 오른쪽 이웃이 끄응 신음 소리를 내며 좌석 앞쪽 모서리로 몸을 이동시킨다. 왼쪽 여자의 눈 가장자리에서 마스카라가 흘러내린다. 녹는 걸까?

이제 정말로 화장실에 가야 한다. 그러나 오른쪽 남자가 산처럼 앞으로 나와 있다. 어떻게 넘어가야 하나? 아니면 산을 먼저 옮겨야 할까?

세면도구 가방은 배낭 속에 있었다. 내 수건도. 헉! 그리고 보니 갈아입을 팬티를 싸는 걸 까맣게 잊었다! 세상이 무너지는 것 같다.

비행기가 덜컹거렸다. 속이 울렁거리며 내 위와 함께 영혼이 식도 쪽으로 밀려 올라왔다. 브라질 남자는 팔걸이에 바싹 달라붙고, 내 옆의 숙녀는 가슴을 올려 지평선의 은빛 줄을 가린다. 불이 켜진다.

안내 방송이 나왔다. 잠시 후 상파울루에 잠깐 착륙한단다.

브라질 남자는 상파울루에서 내렸다. 그가 앉았던 자리는 비어 있다. 이제 나는 의자 두 개를 차지하고 앉을 수 있다. 그러나 욱신욱신 쑤시는 느낌은 가라앉지 않는다.

안데스 산맥 위를 날아갈 때 나는 목을 길게 빼어 물마루처럼 솟은 젖가슴 너머를 내다보았다. 정말, 안개 바다 속에서 봉긋이 솟아오른 적갈색 산꼭대기가 몇 개 보였다. 그러나 구름이 덩이덩이 함께 모이며 그 아래 있는 것을 가리더니, 더 이상 아무것도 보이지 않았다.

언젠가 이곳 안데스 산맥에서 추락한 비행기의 생존자들에 대한 이야기를 읽은 적이 있다. 아니, 들었던가? 아무튼 수색기와 구조대는 그들을 발견하지 못했다. 그들은 얼어 죽은 사람들을 하나씩 먹으며 굶어 죽는 것을 막을 수 있었다. 봄이 되어 눈이 녹고 나서야 비로소 그들은 발견되었다. 그들은 자기들이 한 짓을 털어놓았고, 그로 인해 시끌벅적한 논쟁이 일었다.

이곳 저 아래 어디선가 그 일이 일어났을 것이다. 내가 거기 있었더라면, 말하자면 생존자의 하나였다면, 사람 시체의 고기를 먹을 수 있었을까? 질문을 다르게 해 보자. 그렇게 하지 않고는 달리 살아남을 기회가 없다는 게 명백하다면, 난 그것을 먹지 않을 수 있었을까?

한 스튜어디스가 쟁반을 모으고, 또 한 스튜어디스는 상냥하게 권하는 미소를 지으며 면세품을 선전한다. 비행기가 서서히 내려앉더니, 드디어 착륙한다.

비행기에서 내리는데 무릎이 떨렸다. 그제야 비로소 나는 내가 무슨 짓을 했는지 알아차린다. 하지만 나는 끝까지 해낼 거다. 나는 머리를 뒤로 젖히고 시계를 현지 시간에 맞추었다.

작은 비행장이었다. 거의 가족용 비행장이라 할 만큼 작았다. 모든 것이 빠르게 진행되었다. 나는 벌써 짐 찾는 컨베이어 벨트 앞에 서 있었다. 벌써 내 빨간색 배낭이 다가왔고, 내 등위로 훌쩍 뛰어올랐다. 나는 화장실에 가서 칫솔과 빗과 비누를 꺼냈고, 거울을 들여다보며 내 원래 모습을 알아볼 수 있을 때까지 닦고 문질렀다. 그런 다음 페소를 바꾸었는데, 1달러가 몇백 페소였다. 앞으로 돈 계산을 하려면 뇌에 기름칠을 해야 할 것 같다.

처음 알게 된 것은 이곳은 참 선선하다는 것이었다. 난 이곳은 후끈후끈 더운 곳이며, 있는 대로 땀을 흘릴 거라고 생각했더랬다! 외부 기온은 섭씨 14도를 가리키고 있다.

여기 남반구 맞아? 흐릿한 의심이 일었다. 나는 벨빙거 여행 안내서를 뒤적여 '기후와 여행시기'를 보았고, 여기서는 이제 막 겨울이 시작되었음을 알았다. 여행객이 적은 시기인 것이다. 5월 말에서 9월 말 사이에 칠레로 날아오는 사람이 있다면 그건 몇몇 미친 사람들 아니면, 독일에서 겨울철에 휴가를 낼 수 없는 사람들 뿐이다.

이거야 전혀 나쁜 상황이 아니다. 적어도 빈 공간이 있을 거고, 발을 내딛을 때마다 여행객들 특히 이러쿵저러쿵 사람을 파고 드는 독일 여행객들을 만나지 않아도 되니까. 또한 값싼 숙소를 찾을 수 있다.

나는 출구에서 걸음을 멈추고 버스 정류장을 물어보고, 바로 다음에 온 버스에 올라타 시내로 갔다. 서쪽에서 동쪽으로 가는 거다. 도시의 스카이라인 뒤에서 근사한 배경이 솟아올랐다. 이제 안 개는 걷혀 있다. 해발 4천 미터 산들이 눈 모자를 쓰고 줄줄이 이어진 안데스 산맥이 보였다.

중심가로 들어가 버스에서 내리자, 여러 친절한 사람들이 얼른 도와주러 달려와서는 몸짓발짓 물어보고 설명했다. 나는 무슨 말인지 알아듣지 못했다. 온 거리가 사람들로 우글거렸다.

이제 우선 값싼 숙소를 찾아야 했다. 나는 예산이 넉넉지 않은 알뜰 여행객이다. 갖고 있는 달러로 얼마나 오랫동안 견딜 수 있을지 모른다. 어쨌든 난 우리 부모들처럼 여행을 하고 싶지는 않다. 우리 부모는 별 세 개짜리 아래는 묵지 않으며 그것도 언제나 예약을 한다. 내가 그렇게 여행을 하려 든다면 금방 숙소를 찾을 수 있을 거다. 저 앞에 보이는 별 세 개짜리 호화 방갈로를 써도 될 테니까 말이다. 그것도 예약비 없이.

남루한 노인은 저기 저쪽을 가리켰고, 세 소년은 저쪽을, 복권 파는 아주머니는 정확히 그 사이를 가리켰다. 나는 노인 쪽을 따라가기로 결정했다. 노인은 한 블록을 더 가서는 모퉁이에 이르자 먼 곳을 가리켰다. 여섯 블록을 더 가면 북부 버스 터미널인데, 그곳에 가면 값싼 호텔이 여럿 있단다. 그 가운데 모퉁이에 있는 산 파블로 아메나테귀 호텔이 추천할 만하단다.

나는 아메나테귀 쪽으로 터벅터벅 걸어갔다. 으슬으슬 춥다. 여기 5월은 우리나라의 11월이다. 아이구야, 시작부터 꽤나 좋구나! 11월의 분위기. "이때 집 없는 사람은 이제 집을 짓지 못하며, 이때 혼자인 사람은 오래도록 홀로 머물리라[라이너 마리아 릴케의 〈가을날〉이라는 시의 한 구절 – 옮긴이]."

하지만 버스를 타고 오는 동안 야자수 거리가 보였다. 그 풍경은 우리처럼 북쪽에서 온 사람들의 영혼을 따뜻하게 해 주었다. 늦가을이라 해도, 심지어 눈송이가 휘몰아친다 해도 그렇다.

그건 그렇고, 영혼으로 말할 것 같으면 이제 나는 내 영혼이 폐와 위에 머물고 있다고 확신하게 되었다. 이렇게 내가 영혼에게 방 두 개짜리 집을 내주자 내 영혼은 편안히 머물 수 있게 되었다. 어쩌면 두 개의 영혼이 묵게 된 걸까? 누군가 탄식하지 않았던가? "오, 내 가슴속에 두 개의 영혼이 산다[괴테의 〈파우스트〉 가운데 한 구절 − 옮긴이] ." 그렇다면 혹시 남자 영혼도 있고 여자 영혼도 있지 않을까?

나는 한 무더기의 개똥을 밟았다.

스모그가 장난이 아니다! 나는 쿵쿵 공기의 냄새를 맡았다. 이런 데서 숨을 쉬다니, 말도 안 된다. 상점들이 늘어서 있고 광고들이 울긋불긋 요란해도 거리는 우중충하다. 나귀가 과일과 채소를 잔뜩 실은 수레를 끌고 있다. 나는 수레를 앞지른다. 남자는 인디오[아메리카 인디언 가운데 중남미에 사는 원주민 − 옮긴이]의 얼굴을 하고 있다. 어딘가 마음에 드는 얼굴이다. 내가 그에게 씩 웃어 보이자 그도 씩 웃는다.

혼잡한 교통이 가다 멈추다 하며 움직였다. 경적 소리며 고함

소리가 들렸다. 택시 기사 둘이 서로 욕을 하고 있었다. 떨이 물건을 파는 가게, 선술집, 노점 식당, 어스름한 뒷마당으로 통하는 통로, 6층 또는 6층 이상 건물들의 우중충한 앞모습이 보였다. 많은 건물들이 한때의 호화로웠던 흔적을 보여 주고 있었다. 옛날에는 잘 사는 집이었음에 틀림없다.

아이들과 개들이 떼를 지어 몰려다니며 법석을 떤다. 그들은 예상했던 것처럼 굶주려 보이지 않았다. 아이들은 영양 상태가 좋은 듯 보였다.

한 소년이 어린 소녀를 툭 밀어 내 앞을 가로막게 한다. 다운 증후군, 정신 장애가 있는 아이로 보였다. 소년의 누이동생인가? 소녀가 손바닥을 내밀며 알아듣지 못할 말을 중얼거렸다. 아이의 윗옷은 더러운 얼룩이 져 있고, 소매 단은 닳아 해어져 있었다. 소년이 뭔가를 설명하며 소녀의 이마를 톡톡 쳤다.

나는 소녀의 손에 동전 몇 닢을 놓아 주었다. 소녀가 사시의 눈으로 나를 보며 웃었다. 두 아이는 금세 반대편 길에 가 있었다. 집에 가서 돈이 생겼다는 중요한 사실을 알리려는 것 같았다.

나는 거지들이 몰려올 것을 각오했지만, 그런 일은 일어나지 않았다.

세 블록을 더 가니 호텔 간판이 나왔다. 호텔 드 파리. 이 호텔에 묵으면 안 될 이유는 없다. 어두컴컴한 층계참으로 들어가 난간을 더듬어 올라가니 문이 있기는 한데 잠겨 있다. 나는 초인종을 눌렀다. 작은 창문이 열리며 깡마른 할머니가 고개를 내밀고 싸늘하게 나를 훑어본다. 내가 방이 있느냐고 묻자 할머니가 혼자냐고 되물으며 내 뒤를 살핀다. 그래? 혼자야? 그럼 안 돼. 문이 닫힌다.

나는 닫힌 문 앞에서 얼간이처럼 서 있었다. 어렴풋하나마 왜 그러는지 알 것 같았다. 나는 더듬더듬 계단을 내려와 비틀비틀 바깥 길로 나왔다. 이제 아까보다 조금 밝아진 것 같았다. 찻길 위에 당나귀의 똥 무더기에서 따뜻한 김이 모락모락 났다.

마침내 나는 아까 노인이 말해 준 보랏빛 3층 건물 앞에 왔다. 벽의 칠은 이미 백 년 전에 벗겨진 것 같다. 호텔임을 알려 주는 표지는 아무 데도 없었다. 입구에 간판 하나 걸려 있지 않았다. 단지 주류 취급 허가증만이 문에 붙어 있었다. 나는 거대한 놋쇠 손잡이를 보며 그것을 지난 세기 이 집에 살던 사람들의 신분을 상징하는 것으로 해석한다.

초인종 단추를 찾아보았지만 아무 데도 없다. 문을 두드리자, 내 또래의 소녀가 문을 열어 주었다. 광대뼈가 넓고 머리는 검고

윤이 났으며 두 눈 위로 애교머리가 늘어뜨려져 있다. 나는 커다란 방으로 들어갔다. 천장에 백열전구 하나가 매달려 있고, 맞은편에 작은 카운터가 보였다. 아직도 예쁘기는 하지만 한창의 아름다움은 사그라진 금발 여자가 책상 뒤에 앉아서 내게 미소를 지어 보였다. 네, 방 있습니다. 그녀가 방값을 말하자 나는 머릿속으로 계산을 했다. 아침 식사 포함 10마르크로군. 선불이라고 했다.

어떻게 생긴 방인지 한번 볼까. 인디오 소녀가 거대한 열쇠 꾸러미를 들고 안내한다. 좁은 복도를 지나는데 부피가 큰 쓰레기들로 꽉 차 있다. 어디선가 앵무새가 깩깩거렸다. 고양이 한 마리가 다리 사이를 휙 지나갔다. 복도가 꺾이며 안쪽 마당이 나오는데, 볼품없는 야자수 한 그루와 현란한 색상의 성모 마리아를 모신 동실, 그리고 많은 고양이들이 있었다. 야자수에 매달려 있는 놈, 2층 창문 위 지붕 가장자리에서 균형을 잡고 있는 놈, 방문 앞에서 야옹거리는 놈, 내 장딴지에 몸을 비비는 놈, 접시에서 우유를 핥아 먹는 놈, 셀 수 없이 많았다.

커다란 맹꽁이 자물쇠를 열고 음산한 소리를 내는 유리문을 열자, 내게 제공된 방은 작은 스위트룸이라고까지 부를 수 있는 숙소라는 게 드러났다. 미니 객실에는 얼룩지고 몹시 낡은 안락의자

두 개, 트렁크 보관대, 둥근 탁자가 놓여 있었다. 탁자 뒤에는 눈곱만한 욕실이 있는데, 샤워기와 세면대, 변기가 있었다. 그 다음 객실에서 침실로 들어가는 문이 있었다. 직사각형 모양의 방으로, 창문은 없고 빈민 수용소 형의 침대 두 개와 흔들거리는 의자, 가장 초기 모델의 텔레비전 한 대가 있었다. 그리고 세 방 모두 천장이 안 보일 정도로 높았다.

나는 그 스위트룸에 묵기로 했다. 왜 그런지는 모르지만 마음에 들었다. 어쩌면 대조가 되기 때문일지도 모른다. 내 부모라면 이런 데서 묵느니 죽음을 택했을 거다!

어쨌든 욕조는 깨끗했다. 왜 타일이 한 줄 벗겨져 있는지는 모르지만. 변기가 엉덩이에 붙어 따라 올라오는 걸 보니 조임 부분이 풀어진 모양이다. 샤워기의 물은 펑펑 쏟아지지는 않아도 펄펄 끓을 정도로 뜨거웠다. 나는 방금 전에 보았던 당나귀 똥처럼 영혼까지 무럭무럭 김이 솟아오를 정도로 샤워를 했다.

정말 내 턱에는 털이 아홉 개밖에 나지 않았을까? 나는 아래턱을 내밀고 어두운 거울 속에서 찬찬히 살펴보았다. 아홉 개의 털을 두고 말하거니와, 턱은 벌써 솜털로 덮여 있었다! 털이 금빛이 아니라 검은 색이었다면 훨씬 많이 나 있다는 것을 알 텐데.

나는 마리솔이라는 검은 머리 소녀가 둥근 탁자 위에 놓아 두고 간 커다란 맹꽁이 자물쇠를 방 밖에서 채우고, 부드러운 소시지와도 같은 고양이들 사이를 뚫고 나갔다. 그리고 열쇠를 건네며 하룻밤 요금을 지불하고 얼른 몇 가지 긴급한 물건들을 구하기 위해 밖으로 나갔다. 벌써 어둑어둑해졌다. 이곳은 빨리 어두워진다.

　몹시 춥다. 먹먹한 느낌이다. 이를테면 어디 세게 부딪쳤다가 아직 채 의식이 돌아오지 않은 듯한 느낌.

7

날이 캄캄해지고서야 나는 쫓기듯 호텔로 돌아왔다. 하마터면 호텔을 찾지 못할 뻔했다. 패닉에 가까운 공포! 돌아온 지금도 이름을 모르는데, 아까 어떻게 물어볼 수 있었겠는가! 거리 이름도 더 이상 생각나지 않았다. 나는 길 잃은 아이처럼 상점 안을 이리 갔다 저리 갔다 했다. 케이크와 레몬수 병이 든 봉지 하나와 새 팬티 여섯 장이 든 봉지 하나, 이렇게 봉지 두 개를 껴안고서 말이다.

내가 호텔을 다시 알아본 것은 색 때문이었다. 눈을 찌르는 색이어서 가로등 불빛 속에서도 눈에 띄었다. 이제 백만 인구의 도시 전체가 나를 위해서 이 보랏빛 호텔이라는 정점을 중심으로 돌고 있었다!

방은 안에서 잠겨지지 않았다. 나는 유리문 앞으로 안락의자

두 개를 밀어 놓았다. 의자 하나는 다리 하나가 없었다. 쿠션 안쪽으로 다시 의자를 밀어 놓으니까 괜찮았다. 누가 무단 침입하려면 적지 않은 소음을 일으키지 않고는 들어올 수 없다. 다시 말해 누가 침입하면 금방 알아차리게 된다는 거다.

세면대의 수챗구멍을 막는 꼭지가 아무리 찾아봐도 없었다. 할 수 없이 물을 틀어 놓은 채 독일에서 입고 온 팬티를 빨아 샤워 커튼 봉 위에 널어 놓았다. 그러고는 침대 모서리에 앉아 케이크와 레몬수를 먹고 마시는 동시에 텔레비전을 틀어 무슨 프로그램이든 하나 보려고 애를 썼다.

소리가 조절되지 않았다. 얼굴들은 새빨갛고, 머리는 샛노랗거나 보랏빛이고, 풍경은 푸르딩딩한 녹색이었다. 게다가 모든 것이 이중으로 겹쳐 보였다. 무시무시하고 낯설었다.

마침내 시리즈로 보이는 프로그램이 화면에 잡혔다. 아무튼 마초 아버지가 그의 아내, 그러니까 어머니를 고기 망치로 두들겨 팬다. 그러자 체격 좋은 딸이 부엌칼로 아버지의 가슴을 찌른다. 피가 흐르기 시작한다. 아버지가 헐떡이며 말한다.

"딸아, 네가 나를 죽였어!"

아버지는 비틀거리며 문 쪽으로 간다.

딸은 영혼이 아픈 나머지 비틀비틀 정원의 채소와 양파 밭을 지나고, 그 다음 어머니의 시신 위에서 두 손을 비틀며 괴로워한다. 그러고는 샴푸 광고가 나왔다.

보아하니 오늘분의 이야기는 끝난 것 같았다. 나는 텔레비전을 끄고 담요로 몸을 감쌌다. 따뜻해지지는 않을 것이다. 난방 시설이 없으니까.

잠을 자 볼까? 기꺼이. 그러나 잘 수 없었다. 무엇이 따끔따끔 쏘았다. 몸을 긁었다. 피부가 빨개지며 가렵기 시작했다. 팀의 알레르기가 전염된 걸까? 그럴 수는 없다. 알레르기는 전염되지 않으니까. 그렇담?

창문이 없다. 질식할 것 같다. 나는 침대에서 뛰어내려 더듬더듬 스위치를 찾아서는 객실 문을 조금 열어 놓고, 사잇문을 열어 두었다.

바깥 마당에서 고양이들이 야옹거리고 쉭쉭거렸다. 고양이 콘서트는 약해졌다간 다시 커졌다. 나는 몹시 화가 났다. 해도 해도 너무 하는군!

하지만 어느새 잠이 들었나 보다. 갑자기 나는 공포에 사로잡혀 벌떡 일어났다. 무언가가 내 가슴 위에서 움직였다! 누군가가 내 가슴을 어루만졌다! 두 개의 이글거리는 눈이 바로 내 코앞에서 빛나고 있었다!

나는 팔을 휘저으며 손을 뻗어 스위치를 켰다. 그러자 만삭의 고양이가 내 침대에서 뛰어내려 문틈으로 쏜살같이 사라졌다.

자초지종을 조합해 보았다. 그 고양이 숙녀분께서는 출산을 위해 은신처를 찾고 있었다. 내가 움직이지 않았더라면 그 고양이는…….

그 이야기는 할 수 없다. 아무도 믿지 않을 테니까.

반 뼘의 틈으로도 충분히 고양이가 들락거릴 수 있다. 내일은 손전등을 사야겠다.

고양이들이 날뛰는데도 나는 다음 날 오전에야 잠이 깼다. 그것도 누가 유리문을 두드렸기 때문이다. 소녀가 아침 식사를 가져온 것이다. 커피 한 잔, 건포도빵 하나, 버터를 바른 둥 만 둥 한 토스트 한 조각, 그리고 잼 조금. 이른바 형식만 갖춘 아침 식사다.

나는 샤워실로 들어가 수도꼭지를 완전히 돌렸다. 거의 벼락이 치는 것 같았다. 물은 얼음처럼 차가웠다. 조금도 따뜻해지지 않았다. 세면대 위 백열전구의 희미한 빛 속에서 보니 내 배가 마구 물려 있다. 가려웠던 곳들이 작은 수포와 함께 가볍게 부풀어 있다. 벼룩이구나!

그걸 보니 어쩔 수 없이 어머니 아버지 생각이 난다. 벼룩과 이, 빈대는 그들에게 혐오와 공포를 일으키는 존재다. 내가 아는 한 그들에게 도망친 아들은 잃어버린 아들과 같다. 그들이 모세 대신에 십계명을 써야 했다면 십일계명이 되었을 것이다. 그리고 제일 계명은 '너와 너의 집을 더러움과 기생충과 해충으로부터 자유롭게 하라. 그리하여 네 건강을 지키고 하나님과 동포들이 너를 소름끼쳐하지 않도록 하라.' 가 되었을 거다.

냉수욕은 사람을 크루프 제강 [1811년 소규모 주철공장에서 시작한 독일의 철강·무기 콘체른 － 옮긴이]의 강철처럼 단단하게 한다.(이건 함부르크 할아버지의 의견이다.) 내 영혼은 겁에 질려 떨고 있었지만, 내 허파와 위는 늘어나 꾸르륵거렸다. 나는 서늘한 하루를 보내기 위해 잠이 깼다.

나는 밖으로 나가고 싶다. 떠나고 싶다. 모든 것이 밝고 넓은 곳으로. 눈앞에 끝없는 길이, 먼 지평선이, 평야가, 사막이 보인다.

우선 따뜻한 재킷을 구입했다. 폭탄 세일품인데, 눈부신 보라색이었다. 호텔에 어울리는 색!

손에 지도를 들고 중심가의 군중 속을 누볐다. 여행사들을 들르고, 버스 노선을 알아보았다. 산티아고의 모든 벼룩들이 내 몸으로 옮겨 온 것 같았다. 분명 내가 입맛의 변화를 제공하니까 모두 떠나왔을 것이다. 나는 렌트카 회사를 샅샅이 뒤지며 더듬더듬 스페인어를 연습했는데, 유감스럽게도 하루를 더 산티아고에 붙들려 있어야 한다는 것을 알게 되었다. 누군가 산크리스토발에 가 본 적이 있느냐고 물었다. 아뇨, 그럴 시간이 없었어요. 하지만 거긴 꼭 가 봐야 합니다! 도시도 내려다보고, 안데스 산맥도 쳐다보세요. 톱니바퀴 철도를 타고 올라가면 전혀 힘들지 않습니다!

그럴 시간은 없다.

다음 날 다시 시내로 갔다가 좋은 정보를 얻었다. 남쪽 변두리에 정직하고 값싸게 차를 대여해 주는 사람이 있다고 한다. 나는 주소를 받았다. 얼른 가 보자.

코 밑 수염을 기른 뚱뚱한 남자였다. 그는 지프를 정말 무척 싼값으로 제공했다. 나는 한 바퀴 시운전을 했고, 지프가 벌써 13만 킬로미터를 뛰었다는 것을 알았다.

그 정도는 별로 많이 뛴 게 아니오, 라고 하면서 뚱보 아저씨가 지프를 가리켰다. 저건 지칠 줄 모르는 차요. 아직 30만은 더 달릴 거요!

나는 그에게 다음 날 아침부터 4주간 빌리기로 했다. 한 무더기의 종이에 서명을 하고 돈을 지불했다. 그리고 버스를 타고 돌아갔다. 그 자동차로는 아직 시내를 달릴 엄두를 내지 못한다. 모든 자동차들이 센티미터 간격으로 달리고 있으니까.

다시 한 번 나는 고양이 호텔에서 묵으며, 칼에 찔린, 말론 브란도 유형의 마초 아버지가 여전히 비틀비틀 돌아다니는 연속극을 본다. 이번 회는 그에게 맞아 죽은 아내의 장례식 장면이다. 그를 본 순간 딸(새빨간색)은 파 놓은 구덩이 속으로(보라색) 주저앉는다. 그 다음 씨리얼 광고. 크웨이커 브랜드 오트밀이다.

나는 곯아떨어졌다. 문을 열어 놓은 채. 어쨌든 다음 날 아침에 일어나 보니 새로 태어난 고양이들이 가슴 위에 놓여 있지는 않았다.

등에 배낭을 매고 팸플릿이 잔뜩 들어 있는 봉지를 들고 남쪽 변두리로 가는 버스에 올랐다. 꽤 쌀쌀했다. 하늘은 맑았고 안데스 산맥은 장엄한 아침노을을 배경으로 날카로운 실루엣을 그리고 있었다. 자연이 아니었다면 싸구려 그림 같았을 거다. 나는 이 아름다운 전시품에 단지 잠깐만 눈길을 주기로 했다. 바쁜 데다가 생각할 것이 많았기 때문이다. 하지만 내릴 때까지 자꾸만 그 빨간

놀을 쳐다보지 않을 수 없었다. 모든 것이 작열하고 있었다. 집들의 전면도, 지붕도, 버스도. 어쩌면 나 자신도 작열하고 있을 거다.

뚱뚱한 수염 아저씨가 커피와 함께 나를 기다리고 있었다. 우리는 친근한 반말을 쓸 정도로 서로 좋아하게 되었다.

"왜 남쪽에 가려는 거냐?"

그가 거듭 물었다.

"그건 비와 추위 속으로 들어가는 거야. 지금은 아무도 남쪽으로 가지 않아. 어머니 장례를 치르러 간다면 모를까. 남쪽에서 사는 사람도 할 수 있으면 북쪽으로 도망쳐 오지."

그러나 나는 어제 여행사마다 숙녀들이 바리바리 안겨 준 팸플릿들을 보았다. 그 고광택 인화지 위에서 너무나도 근사한 후지야마와 킬리만자로와 같은 산들, 벚꽃 가지들 뒤에 펼쳐진 꿈처럼 아름다운 호수들, 식물들로 넘쳐나는 매혹적인 피오르드의 풍경들, 너무도 많은 한적한 파타고니아 섬들을 보았다. 난 그곳으로 가야 해요. 그것도 당장! 비록 이 모든 근사한 풍경이 저 남쪽, 즉 비와 추위 속에 놓여 있더라도.

그렇다면 할 수 없지. 그는 체념하며 수염의 양 끝을 내려뜨렸다. 그는 내게 자기 전화번호를 적어 주었다. 무슨 일이 있으면 전화해. 난 방방곡곡에 친구가 있어. 운전기사, 경찰관, 법률가. 내 이름만 대면 돼. 라 키스테르나의 돈 코스메, 알았지?

그는 나를 커피잔 앞에 오래 붙들어 두지 않았다. 나는 내 자신이 마치 팽팽하게 당겨진 현에 놓인 화살처럼 느껴졌다. 내가 핸들 앞에 앉자 그가 창문으로 작별의 선물로 초콜릿을 건네주며 처녀가 도와주기를 기원했다. 나는 그가 말하는 처녀가 우리나라에서 성모 마리아라고 부르는 성처녀를 말하는 거라고 받아들였다. 그는 나에게 어떻게 가면 판아메리카나[칠레와 페루를 길게 관통하는 고속도로 — 옮긴이]로 들어갈 수 있는지 설명해 주었다. 그냥 똑바로 두 쿠아드라스를 가서 왼쪽으로 꺾으면 거기가 바로 판아메리카나라고 했다.

그는 길가에 서서 내게 손을 흔들었다. 나도 손을 흔들어 답례했다. 두 쿠아드라스. 두 블록이라는 뜻이리라. 그런데 벌써 내 앞을 가로지르는 차들이 있다.

조금 꺼림칙한 기분이 들었다. 운전면허증을 갖게 된 지 1주일도 채 되지 않은 데다가, 이곳은 독일이 아니다. 어쩌면 많은 것이 다를지도 모른다. 어쩌면 먼저 이곳의 교통 규칙을 더 자세히 알아 두었어야 했을지도 모른다.

그러나 벌써 모퉁이에 와 있었으므로 '했어야 했을지도 모른 다.' 따위를 생각할 겨를이 없었다. 우선 자동차들 사이에 어디 틈 이 나는가를 엿보고 끼어들어야 한다!

자, 해냈다. 나는 판아메리카나에 와 있다. 나, 유럽에서 온 열 여덟 살의 요나스 클라인뮐러가 저 유명한 판아메리카나에 와 있 는 거다. 세계의 꿈의 도로에!

이제 액셀러레이터를 밟는다. 남쪽으로, 남쪽으로, 탁 트인 곳 을 향해!

도로의 폭은 아낌없이 넓었다. 거의 아우토반 수준이다. 양쪽
방향 다 차선이 여러 개였다. 그러나 우리 중부 유럽의 아우토반처
럼 삭막하지도 않고 주변과 경계가 그어지지도 않았다. 그냥 주위
세계의 일부였다. 넓은 가장자리 선까지 무성한 자연이 뻗어 나와
있고, 오른쪽 왼쪽으로 가게들이 줄이어 있다. 가게들은 종종 나무
헛간에 불과한데, 그 앞에 물건들이 쌓아올려져 있다. 또 어디서나
길가에 주차를 할 수 있다. 나는 바구니, 등나무 소파, 세탁함, 새
장, 콘솔 등의 울타리들을 뚫고 1킬로미터를 달려갔다. 그 다음 다
시 1킬로미터의 과일 울타리를 뚫고 달리고, 다시 1킬로미터(또는
그 이상)나 늘어선 대단히 특이한 이름의 레스토랑과 술집 울타리
를 뚫고 달렸다. 마을과 마을 사이 무척 낯익은 거대한 간판들을

만난다. 조니 워커가 인사를 건네 오고, 셸 조개가 '세계를 움직이는 휘발유'임을 찬양하며, 초차원적으로 큰 자이델 잔에 담긴 벡스 맥주가 세계의 넘버원임을 주장한다. 칠레의 연합 보험도 지나가는 운전자들에게 '냉혹한 세계의 친구들'이 되겠다고 나선다.

그걸 보노라니 어쩔 수 없이 우리 부모와 그 친지들이 생각난다. 그들은 그 어느 것도 우연에 맡기지 않는다. 안전 조치 없이는 그 어떤 위험도 무릅쓰지 않는다. 전형적인 독일인? 어쩌면 전형적인 인간이라고 할 수 있으리라. 인간이라면 그렇게 할 수 있어야 할 것이다. 내 부모는 그렇게 할 수 있다. 하지만, 아들이 속 썩일 때를 대비한 보험은 잊어버리고 들어 놓지 않았다.

후지필름, 굿이어, 코닥. 모두 잘 아는 이름들뿐이다. 고향에 있는 듯한 기분이 한 줄기 스쳐 지나간다. 친애하는 미셸린 아저씨, 아직 날 기억하시나요? 아주 어렸을 적 난 어디서든 당신을 만날 때마다 당신에게 윙크를 했지요.

커다란 정원, 들판, 공장 굴뚝들. 또 커다란 정원, 들판. 지루한 지역이다. 그러나 이곳은 아직 남쪽이 아니다. 자동차들의 밀도는 웃길 정도였고, 나는 낡은 지프에서 나오는 속력을 다 내 본다. 그렇다고 시속 100킬로미터 이상은 아니다. 랑카구아, 산 페르난도,

쿠리코, 탈카, 리나레스를 지난다. 노랗게 시든 대초원 팜파스를 지난다. 왼쪽에서 안데스 산맥이 나와 동행한다.

어디 한번 옆길로 빠져, 아름다운 곳이 나오면 잠시 쉬어 볼까? 뭣하러? 남쪽으로 갈 작정이면서? 나는 여전히 현에 의해 퉁겨 날리는 느낌이다.

잠시 콩 수프를 떠먹고 뭘 좀 마신 다음 다시 고속 질주 프로그램의 실행에 들어선다. 이곳 판아메리카나는 이제 고속도로가 아니라 간선도로 수준이다. 남쪽에 검은 구름들이 걸려 있다.

오늘이 며칠이지? 무슨 요일이지? 계산해 본다. 토요일이다. 이곳은 모든 것이 독일보다 몇 시간 더 빠르다. 독일에서는 다시 저녁때에 가까워지고 있다. 팀은 다음 주에 있을 수학 시험을 위해 과외 교사의 호위를 받으며 벼락공부를 할 거고, 크리스티네는 1시까지 가게에서 일을 거들 거다. 나는 그녀의 등이 어떻게 생겼는지 그녀의 부모들보다 더 잘 안다고 생각한다. 그녀는 2년 동안 학교에서 내 바로 앞에 앉아 있었으니까.

크리스티네. 나는 그녀가 아직도 일요일이면 미사에 따라가는 것을 이해할 수 없다. 그녀는 성경 공부도 하러 간다. 이제는 전혀 믿지 않으면서도 말이다. 그녀는 타협이라고 말한다. 그녀의 부모들은 교구의 임원인 데다가 고객들과도 잘 지내야 한다는 것이다. 그녀의 집은 식료품 가게를 한다. 신부도 고객이다. 그런 집 딸이 성당에 등을 돌리면 어떻게 하겠느냐고 그녀는 말한다.

크리스티네는 나중에 가게를 물려받게 될 거다. 원래 오빠가 가게를 물려받을 계획이었지만 그는 백혈병으로 죽었다. 그래서 그녀는 예술사를 공부하고 싶었지만 지금은 가게를 맡아야 한다. 우리가 죽는다 해도 식료품 가게는 존속할 걸! 나는 그녀에게 몇 번 그렇게 말했었다. 그러나 그녀는 그럴 수 없다고 말을 막았다. 어느새 그녀는 어떤 식으로든 그 빌어먹을 식료품 가게에 적응했던 거다.

옛날 우리는 서로 마음이 통했다. 그것도 대단히. 우리가 열다섯 또는 열여섯 살이었을 때, 그때는 그녀 역시 정치며 교육 제도의 많은 것에 대해서 흥분했고, 사람들이 일상에서 서로 교류하는 방식에 대해서 흥분했다. 무엇보다도 그녀는 위선에 대해 참지 못했다.

그녀는 이제 그런 것들을 이해하게 되었나 보다. 언젠가 우리가 우연히 만난다 해도 우린 더 이상 공통의 주제를 찾지 못할 거다. 그녀는 곧 그녀의 어머니처럼 될 거다.

"더 필요한 것 없으세요, 마이어 부인?"

"아주 신선한 굴이 들어왔답니다, 뮐러 씨!"

토르스텐은? 그는 한때 나의 가장 친한 친구였다. 우리가 저학년이었을 때 그는 자기 집보다는 우리 집에 있는 시간이 많았다. 우리는 함께 우리 집 화장실에 물마개를 설치했고, 함께 우리 집 정원에서 습지 식물 재배지를 만들었으며, 우리 반에서 '우리 숲이 죽어간다!' 라는 전시회를 열었다.

이제 그는 자동차 분야로 나갈 계획이라고 한다. 정확히 말해 자동차 매매다. 그 분야에서는 아직도 주머니를 채울 수 있단다. 혁신적인 시장 전략으로 말이다. 뭘, 어떻게 한다는 거야? 환경 문제는 어떻게 되는 거고? 환경 문제야 판매 촉진 요소지, 당연한 거 아냐?

오늘 그는 커다란 승용차에다 여자애들을 가득 태우고 여기저기 누비고 다니며 감탄을 누리고 있을 거다. 역시 가능성이 아니라 현재를 지향했던 녀석이다. 순응자인 것이다. 지금 녀석의 계산은 잘 맞아떨어지는 듯 보인다.

그리고 우베. 그 자그맣고 창백한 녀석하고는 어땠나? 언제나 마음이 통하는 사이였을까? 녀석은 오늘 어떤 재판을 방청하러 갈 것이다. 아니다, 오늘은 토요일이지. 그럼 헬스클럽에 가 있을 거다. 아니면 민법전을 뒤적이고 있거나.

우베는 법관이 될 작정이다. 그러나 그는 법을 철저하고 강력하게 적용하려는 부류에 속한다. 작은 범죄에서도 그렇다. 또한 망명 희망자들이 우리 독일에서 유죄 처벌을 받았으면 모두 추방으로 처리하려는 놈이다. 최근에 그는 종종 법과 질서를 이야기한다. 우리 독일에서는 모든 것이 무너지고 있으므로 다시 똑바르게 바로잡아야 하며, 어떤 강간·살인범이라도 어렸을 때 사랑을 받지 못했다는 이유로 용서되어서는 안 된다고 주장한다. 우베가 이 주제에 대해 이야기하기 시작할 때면 금세 눈이 바제도병에 걸린 것처럼 되고 맛이 가 버린다!

그리고 팀은? 녀석은 도대체가 의견이란 게 없다. 다시 말하면 그의 부모들이 그에게 의견을 마련해 준다. 그래서 그는 의견을 표명할 일이 생길 때 너무도 자신 없어 한다. 부모들이 마련해 준 의견이 '그래, 그게 바로 내 생각이야.'라고 느껴지지 않기 때문에, 차라리 그는 가만히 있는 편을 좋아한다. 그 밖에도 자기 의견이 생길 시간이 전혀 없다. 그저 공부나 하고 몸을 긁적이는 데 바쁘다.

그에게 편지 쓰는 것을 잊어서는 안 된다. 그는 내 편지를 기다리고 있고, 거기에 희망을 걸고 있는 것 같으니까.

길은 똑바로 남쪽으로 달린다. 다리를 건너고 다리 밑을 지난다. 저기 앞쪽 어디엔가, 점점 더 음산하게 걸려 있는 하늘 아래, 파타고니아 제도가 있다. 그곳 어느 섬엔가 착륙하여 원시림을 헤치고 들어가서는 오두막을 짓고 직접 잡은 물고기와 조개를 먹으며 살아 볼까나?

아니다. 그것은 애들이나 꾸는 꿈에 불과하다. 사회로부터 자신을 제외시키는 것, 그것 역시 가당치 않은 일이다.

용변을 보고 싶다. 그런데 자동차에 화장지가 없는 거다. 빌어먹을! 나는 조금 덜 재미있는 칠레 남쪽 팸플릿을 골라 유칼리 숲에서 화장지로 쓴다. 그런데 이것이 영 고분고분하지가 않다. 도무지 말을 듣지 않는 거다! 다음 휴게소에서 나는 두루마리 휴지 몇 통을 사서 의자 밑에 두었다.

파랄, 산카를로스, 칠란. 이제 큰 정원들은 없다. 마을들도 줄어들고 굴뚝들도 줄어든다. 단지 이따금 튀김 가게나 노점 식당이 있을 뿐이다. 그 대신 들판이 많아졌고, 이제는 숲도 많아졌다. 제지 산업을 위한 소나무와 유칼리나무 줄기들이 오와 열을 지어 쌓여 있다.

나는 잠깐 멈추었다. 관절이 뻣뻣해지고 비틀린 듯한 느낌이 들었기 때문이다. 노점 가판대 앞에서 기지개를 펴고, 초콜릿 비스킷 몇 개를 먹고 커피 한 잔을 들이켜고 초콜릿 하나를 사갖고 나왔다. 수염 아저씨가 준 초콜릿은 벌써 바닥이 났다. 나는 단 것이 옆에 있을 때는 도무지 억제할 수가 없다.

암소 한 마리가 머리를 철조망 밖으로 내놓고 침을 흘리고 있다가 하얀 속눈썹이 달린 눈으로 물끄러미 나를 쳐다본다. 소의 뇌피를 이루고 있는 나선형 융기 속에서 무슨 일이 벌어지고 있는지 누가 알랴. 남쪽으로 향할수록 한층 더 어두워진다. 구름이 마치 임신한 배처럼 판아메리카나까지 닿을 정도로 드리워져 있다. 잘 있어라, 송아지야.

나는 계속 달린다. 보슬비가 내리기 시작한다.

와이퍼는 정말 작동이 잘 되었다. 그렇지 않았더라면 즐겁지 않은 사태가 벌어졌을 것이다. 보슬비가 점점 세차졌기 때문이다. 벌써 마주 오는 자동차들이 축축한 아스팔트에 반사되기 시작한다.

아비투어를 마친 뒤 무엇을 할까? 우리 집 이비인후과 의사들은 결정을 나의 선택에 맡겼다. 그들은 침이 마르도록 그것을 강조했다. 특히 손님이 왔을 때면 그랬다. 그러나 이 너그러운 태도에는 당연히 무언가 학문적인 것을 해야 한다는 요구가 깔려 있다. 그들의 의견에 따르면 그건 당연한 일이었다. 미술이나 음악도 괜찮았다. 우리 아들은 화가예요, 또는 우리 아들은 피아니스트예요, 그 정도는 들을 만하니까. 물론 법관의 행로를 달리면 그들로서는 더 좋으리라. 의학을 전공한다면 가장 좋을 것이다. 그것도 미래의 이비인후과 의사가 된다면.

그러나 이 달콤한 꿈을 그들은 이미 포기해야 했다. 나는 목이나 귀, 또는 코의 내부 같은 것에는 흥미가 없다. 직업적으로 다른 사람의 코나 귀, 또는 목을 여기저기 쑤석거리고 가래나 고름 덩어리, 귀지 같은 것을 조사하는 건, '오, 노우!'다. 다른 건 몰라도, 그것만은 아니다.

나는 뭐가 되고 싶은지 아직 잘 모르겠다. 우리 부모님은 슬슬 초조해졌다. 새로운 에너지 개발 같은 것도 흥미 없다. 엔지니어는? 상상할 수 없다. 삼림을 회생시키는 일에도 마음이 동하지 않는다. 대체 어떤 직업을 가져야 하나? 삼림관? 당신이나 잘 해 보십시오! 사냥꾼처럼 털 장식 모자를 쓰고 다니는 건 내 세계가 아니다. 말이 난 김에 하는 말인데, 난 사슴뿔이 벽보다는 사슴 머리에 붙어 있는 것을 보는 게 좋다. 그 밖에도 삼림관이 되면 숲이 죽어가는 꼴을 지켜보는 것밖에는 달리 할 일이 없을까 봐 두렵다. 그건 사람을 우울하게 만드는 직업이다.

어쨌건 바로 지금 내 자신이 숲의 죽음을 조금 가속화시키고 오존층을 조금 엷게 하고 있는 참이다. 나는 비행기를 타고 왔으

82

며, 이곳에서 아마도 지프를 타고 수천 킬로미터를 달릴 것이다. 그러니까 나도 앞뒤가 안 맞는 사람이다. 대체 완전히 환경 친화적으로 사는 게 가능할까? 어쩌면 살아 있는 인간 모두가 환경에 부담이 되는 존재일 수 있다. 논리적인 추론을 하자면, 무슨 수를 써서라도 가능한 한 빨리 퇴비로 변해야 할 것이다.

지금이야말로 음악이 필요하다고 할 수 있다. 클래식만 아니라면 어떤 음악도 좋다. 그러나 지프의 라디오는 작동하지 않는다. 빌어먹을!

이제 오디오 세트는 내 방에 남아 있지 않다. 하지만 카세트들은 싸구려로 팔아넘기지 않았다. 펜드리히의 노래가 생각난다. 굉장히 오래된 노래지만 여전히 맘에 든다. 나는 몇 소절을 웅얼거린다. "너희들은 가져도 되는 것보다 훨씬 많은 것을 가져갔어. 너희들은 그에 대한 대답을 얻게 될 거야……." 트랄랄라. 디디다. "이상하게 여기지 마, 너희들은 당해야 마땅하니까……." 둠다다둠다둠둠둠.

나도 당해야 마땅하다.

비가 점점 많이 내린다. 나는 긴 다리 위를 지나간다. 내 앞의 자동차가 점점 속력을 줄인다. 하마터면 내가 들이받을 뻔했다. 반대편 차선도 정체된 건 아닌데도 조금씩밖에 전진하지 못한다.

왼쪽을 보았다. 굉장한 폭포가 보였다. 내 뒤에서 누가 참을성 없이 빵빵거렸다. 그 거품의 벽을 보고는 나도 브레이크를 밟고 말았던 것이다. 놀라는 것도 안전거리를 유지하면서 놀라야 한다!

길 양쪽에 호텔과 레스토랑, 정원이 있다. 그러나 여행자들은 보이지 않았다. 단지 늦가을의 낙엽만 보일 뿐이다. 찬란한 나무들은 벌써 거의 벌거숭이가 되었다. 자동차는 축축하게 젖은 나뭇잎들 위로 달린다. 나는 차에서 내리지 않는다. 남쪽으로 가고 싶으니까.

절망적일 정도로 텅 빈 캠핑지를 몇 군데 더 지났다. 그 다음 양쪽으로 펼쳐지는 것은 오직 팜파스뿐. 물론 이제는 노란색이 아니라 갈색이 도는 초록색이다. 내가 잘못 생각하지 않았다면 벌써 땅거미가 내리고 있다.

이제 집에서는 곧 자정이 될 것이다. 그 사이에 그들은 소파 앞 탁자 위에서 쪽지를 발견하고 또 읽었을 것이다. 클라인뮐러 씨네 집에서 일어났을 흥분을 상상하자 기분이 좀 꿀꿀했다.

그들에게 미안하다, 진정으로. 그들은 내게 아무개로 존재하는 사람들이 아니다. 그들은 내가 태어나길 원했었다. 아버지는 나를 낳았고, 어머니는 나를 수태하고 출산했다. 둘 다 내가 세상에 나왔을 때 나를 환영했다. 나는 그들 유전자들의 조합이다. 내가 어렸을 때 그들은 나의 신이었다.

그러나 달리 어쩔 도리가 없었다. 그렇지 않았더라면 나는 질식했을 거다. 어쩌면 그들도 이번 일에서 뭔가 깨달을 수 있을 것이다. 어쩌면 그들은 자신이 이 탁한 공기의 공범임을 깨달을 수 있다. 어쩌면 그들은 이번 사건에서 성장하고, 서로 가까이 다가서고, 자신들의 견해를 의심하는 법을 배울 수도 있다.

둘 다 이 밤을 무사히 통과하기를.

'돈 페페'라는 이름의 바에 들어가 뜨거운 우유를 마셨다. 밖은 벌써 어두워졌고, 빗살이 유리창을 때렸다. 뭘 먹을까? 배는 고프지 않았다. 내 두 영혼이 주둥이를 닫은 채 위 속에 들어앉아 있었다. 속이 좋지 않았다. 우유를 먹은 것 자체가 과했나 보다. 나는 화장실에 가서 그것을 다시 토해 냈다. 우스꽝스럽게도 우리 집 가정부 외프너 부인이 생각났다. 그녀는 언제나 나를 잘 보살펴 주었다. 지금 그녀가 있다면 내게 차를 끓여 주었을 것이다.

바 옆에 주유소가 있다. 주유소 뒤에 지프를 주차하고 배낭에서 침낭을 찾아 냈다. 앞 좌석 등받이를 한껏 뒤로 젖히고, 침낭 속으로 기어들어가 잠을 청해 본다.

그러나 숨이 막힌다. 창문을 조금 열어 놓지 않을 수 없다. 이따금 빗방울이 튀어 들어왔다. 그래도 불쾌한 기분은 줄었다.

지금 같으면 배나 가슴 위로 고양이가 올라와도 좋을 것 같다. 그러나 빗속에서 어슬렁거리고 돌아다니는 고양이는 없다. 하지만 셔츠 밑에 벼룩이 몇 마리 있을 거라는 생각이 떠오르자, 완전히 외롭지는 않다.

지프의 지붕을 두드리는 빗소리가 어딘가 위안이 된다. 그래, 내 몸을 가릴 지붕이 없는 것은 아니다.

눈을 뜨니 벌써 날이 환하게 밝았다. 화창한 아침을 보니 남쪽의 아름다움을 기대할 수 있겠다. 구름은 씻긴 듯이 사라지고 없었다. 나는 뻣뻣한 몸으로 지프에서 내려 주위를 둘러보았다. 눈이 거의 믿기지 않았다. 동쪽 지평선에 가장 고전적으로 생긴 화산 하나가 아침놀 속에 우뚝 솟아 있는 게 아닌가. 깊은 주름 속까지 눈에 뒤덮인 채. 팸플릿들이 약속했던 것은 과도한 것이 아니었다.

하지만 돈 페페에서 아침 식사를 마치고 나니 그 산은 누가 핥아 먹은 듯 사라지고 없었다. 다시 장대비가 쏟아졌다. 단지 하늘과 구릉진 땅들만 보였다. 그 사이의 판아메리카나가 마치 샌드위치 사이로 보이는 속 같다. 그럼 난 절인 오이 조각?

난 무엇을 꿈꾸었던가? 아무것도. 기름을 넣고 달리기 시작했다. 운전대에 앉아 있는 건 기분이 좋다. 어렸을 땐 이렇게 되기를 동경했다. 실천에 옮기기까지 10년도 넘게 동경했다. 자유의 황홀.

그러나 내가 동경하는 텅 빈 공간은 아직 존재하지 않았다. 울타리들이 팜파스를 가로지르고 있다. 가축용 목초지들인 것이다. 이따금 빨간 지붕들이 나무들의 무리 사이에서 빛난다. 부유한 자산가들의 대저택들, 즉 하시엔다스다. 벨빙거 여행 안내서에서 따르면 여기서는 그것들을 푼도스라 부른다고 한다. 이 구릉진 지역은 이 지역의 다른 곳에 비해 상당히 많은 인구가 밀집해 있다.

일요일이다. 집에서는 이제 격앙해 있을 것이다. 아버지는 면도도 하지 않은 채 멋진 디자인의 전화 탁자 앞에 붙어 앉아 있을 것이다. 어머니는 눈 밑에 눈물 자루를 늘어뜨린 채 턱 밑에 커피잔을 갖다 놓고 아버지와 마주 앉아 있을 것이다. 그들이 울 때면 언제나 몇 년 씩은 더 늙어 보인다. 즉 실제 나이만큼 보인다는 말이다. 그들은 지금 내가 막 4백만 인구의 도시 테무코를 흔들거리며 통과하고 있다는 것을 짐작하지 못할 거다. 지금까지 나는 한번도 테무코라는 이름의 고장에 대해 이야기를 들어 본 적이 없다.

오늘날 도시들은 사람들이 지도를 펴내는 속도보다 더 빨리 성장한다.

어쩌면 그들은 소파에 나란히 앉아 있을지도 모른다. 아버지는 어머니를 팔로 감싸안고, 어머니는 아버지의 셔츠에 대고 훌쩍거리고 있을 거다. 아니 어쩌면 아버지는 잠옷을 입고 있을까? 그럴 수도 있다.

'고뇌를 나누다'라는 제목을 붙일 수 있는, 둘이 함께 있는 그런 그림을 보지 못한 지 오래 되었다. 혹시 눈물의 운하를 통해 물을 방출하면 영혼에 무슨 작용을 하지 않을까? 마치 윤활유를 교체하면 엔진에 효과가 있듯이?

테무코는 멸종한 도시처럼 보인다. 단지 교회 앞에만 우산들이 우글우글 모여 있다. 계속 가는 거야, 계속! 파타고니아 제도가 빗줄기를 뚫고 유혹한다. 나의 지프는 기록을 세우는 것 같다. 이제 시간당 110에서 120의 속력을 낸다. 나 역시 계속 이렇게 스릴넘치는 속도로 달릴 자신이 있다.

내가 잊지 말아야 할 것이 있다. 그것은 도끼와 성냥을 마련해야 한다는 것이다.

𝟣𝟢✩

판아메리카나는 이제 대저택들, 즉 하시엔다스를 가로지른다. 도로 가장자리의 호화로운 대문들이 소유주의 이름을 알려 준다. 이곳은 모든 것이 촉촉한 초록빛이다. 잘 가꾸어진 목초지, 거름이 잘 된 풀들. 거대한 소 떼가 그들의 부를 짐작할 수 있게 한다.

오른쪽으로 작은 도시 산호세데라마리키나로 가는 자갈 도로가 갈라져 나간다. 나는 그곳으로 가기 위해 웅덩이에서 물을 튀기며 자갈길을 달린다. 마을을 가로지르며 보니 그곳 집들은 판자와 골함석으로만 지어진 것 같다. 그래도 점심 한 끼를 맛있게 먹을 수 있는 곳이 없나 찾아본다.

네 개의 레스토랑이 있지만 닫혀 있고, 두 개를 더 찾았는데 그곳에는 맥주밖에 없다. 아니, 아무것도 없다. 기껏해야 커피뿐. 일곱 번째 식당에 갔다가 겨울에는 이 도시의 레스토랑에 손님이 없다는 걸 알게 됐다. 그렇다면 이 우기에 산호세데라마리키나를 찾아온 이방인들은 대체 어디서 식사를 해야 하느냐고 묻자, 우기인 겨울에는 아무도 이 도시를 찾지 않는다고 했다. 하지만 판아메리카나에는 문을 연 레스토랑이 있다고 했다.

그러나 거긴 내게 너무 비싸다. 나는 주유소에서 작은 건포도 쿠키 한 봉지와 코코아를 샀다. 집에서라면 어머니가 부드럽게 주의를 줄 것이다. 단 것을 너무 많이 먹지 말아라, 요나스. 네 이를 생각해야지, 위도 생각하고.

어머니는 내가 먹는 것에 무척 주의를 기울인다. 클라인뮐러 씨네 냉장고에는 단 것이라고는 없는 거나 마찬가지다. 기껏해야 무화과 열매뿐이다. 그것은 소화를 촉진시키니까.

그러나 여기서는 내가 먹고 싶은 것을 먹는다. 나는 내 영혼이 그렇게 하는 것을 갈망한다고 생각한다.

계속 가자, 그냥 가자! 발디비아를 지나고, 오소르노를 지난다. 이따금 짙은 안개를 뚫고 달리는데, 마주 오는 자동차들의 불빛들밖에 보이지 않는다.

90

이제 왼쪽에 오소르노 화산이 보일 때가 되었다. 그런데 아무 것도 보이지 않는다. 오직 비만 쏟아진다. 이따금 소리 없이 목초지들을 넘어오는 하얀 연기와 울타리, 홀로 말 타고 가는 기사, 쇠달구지, 풍경 속에 외롭게 우뚝 솟아 있는 거대하고 옹이진 나무들이 모습을 드러낸다. 도로 위에 움직이는 것이라고는 나를 제외하고는 거의 없다. 일요일 오후인 것이다.

표지판 하나가 왼쪽으로 가면 프루티야가 나온다고 알려 준다. 이곳에는 커다란 호수가 있을 것이다. 그리고 그 뒤에 커다란 화산들이 있을 것이다. 화산 가운데 가장 멋진 표본들만 골라서.

그런데 아무것도 없다. 안개와 빗줄기를 퍼붓는 구름 외에는.

내 앞에 푸에르토몬트가 있을 거다. 바닷가 도시라는데, 물론 안개에 갇혀 보이지 않는다. 그러나 나는 갈매기들의 울음소리를 듣는다. 적어도 무슨 소린가 들린다. 나는 도로변으로 가서 잠시 멈추어 섰다. 다른 사람들의 눈에는 나 역시도 안개 속의 그림자에 불과할 것이다. 나는 지도를 보고 벨빙거 여행 안내서를 훑어본다.

이곳에서 칠레 남부의 비옥한 부분이 끝나고, 여기서부터 섬의 세계가 시작된다. 태평양이 대륙의 해안을 본격적으로 먹어 버린 것이다. 푸에르토몬트는 섬 사이를 누비는, 또는 파타고니아의 남쪽 땅 끝 도시인 푼타아레나스에서 올라오는 모든 배와 보트들을 위한 항구이다.

푸에르토몬트에서 뭘 하지? 오늘은 모든 것이 닫혀 있다. 어떻게 섬들에 갈 수 있을지 정보를 얻을 수 있을 여행사들도 모두 닫혀 있다.

나는 가장 큰 섬인 칠로에 섬으로 가기로 결심한다. 칠로에 섬에서 대륙까지의 거리는 고양이가 뛰어 건널 수 있을 만한 정도밖에 되지 않으며, 카페리들이 왔다 갔다 한다. 칠로에 섬은 남쪽으로 한참 길게 뻗어 있다. 이 섬에는 사람이 살고 있으며 많은 도시와 마을들이 있다. 나는 섬 남쪽에 있는 해안 마을 케욘에 관심이 간다. 지도를 보니 그곳에서 대륙으로도 섬들로도 점선들이 이어져 있다.

그렇다면 케욘에서 배나 카페리들이 출발하는 것이다. 그래, 케욘으로 가자!

벌써 날이 어두워진다. 하루 종일 제대로 밝은 적이 없었던 것 같다. 마치 아침을 먹자마자 곧 어두워지기 시작했던 것 같다.

보라색 재킷을 입었는데도 뼈 속까지 추웠다. 자, 계속 가자!

문득 안개가 걷힌 듯이 사라졌다. 푸에르토몬트 방향에서 불밝힌 바다가 희미하게 빛났다. 카페리 항구에 채 닿기도 전에 칠흑처럼 깜깜해졌다. 항구에 아주 작은 카페리가 있었다. 나는 그리로 올랐다. 나 말고 승선하려는 차는 트럭 한 대뿐이었다. 우리는 흔들흔들 그곳을 출발했다.

나는 섬의 첫 번째 주유소 옆에서 밤을 났다. 그곳에서는 적어도 비를 맞지 않고 소변을 눌 수 있었다. 난 뜨거운 차를 마시고 와플 비슷한 것을 먹고 다시 지프 속으로 들어가 눅눅한 침낭 속에서 잠을 잤다. 마지막까지 남았던 벼룩들은 아마도 대륙에 남는 것을 더 좋아한 것 같았다. 아무튼 이제 아무것도 따끔따끔 물지 않았다. 하지만 덜덜 떨리며 이가 딱딱 부딪쳤다. 오한이 일었다!

창문들 안에 수증기가 끼어 있었다. 자동차 안에 있는 모든 것이 습기가 배어 축축하고 눅눅했다. 나는 유리를 닦아 내지도 못하고 잠이 들었다.

다음 날 아침 일어나 보니 나는 아직 살아 있었다. 아마 차틀 사이로 공기가 통했나 보다. 하늘에 계신 위대한 사령관께서는 아직 나를 버리지 않았다.

그렇다, 나는 살아 있었다. 하지만 어떤 몰골로 살아 있는가. 얼굴이 후끈후끈 달아오르고, 머리가 천둥처럼 울렸다. 편도선이 거대한 말불버섯처럼 부어오르고 안에서부터 목을 조르겠다고 위협하고 있었다. 의식이 또렷해지는 순간 나의 삶은 이틀 전부터 오직 전진과 물질대사로만 이루어지고 있다는 깨달음이 얼핏 스치고 지나갔다. 그러나 다시 대뇌 속으로 안개가 몰려오고 소뇌 속으로 비가 내렸다. 뜨거운 커피도 내게 활기를 주지 못했다.

그럼에도 불구하고 초록빛 스펀지처럼 습기를 잔뜩 빨아들인 언덕들을 어떤 식으로든 오르락내리락 280킬로미터나 달려 케욘에 이르는 데 성공했다. 피부에 이끼가 끼기 시작하고 귀에서 해초가 자라기 직전에 말이다.

오는 길 어디 중간쯤에서 거대한 보라색 건물과 하마터면 충돌할 뻔했다. 열이 있는 상태에서 나는 그것을 산티아고 고양이 호텔로 생각했고 기뻐서 웅얼거리며 고향에 온 듯한 포근한 느낌으로 그곳으로 달려들어갔다. 그러나 고양이도 없었고, 카운터에 누런 금발 여자도 없었다. 대신 한 무리의 성자들 상이 있었고 짙은 향냄새가 났다. 예배당으로 들어갔던 것이다. 목조 교회였다. 케욘에 가서야 비로소 우연히 어느 찬장에 붙어 있는 그림엽서를 보고 그것이 카스트로 시의 문화재로 보호받는 목조 성당임을 알게 되었다.

케욘은 판아메리카나의 끝이며 세계의 끝이다. 지프는 혼자서 달려갔다. 깊이 팬 구덩이들을 지나 웅덩이의 물을 온 마을에 분배하며 덜커덕덜커덕 항구거리까지 달려갔다. 지프가 어느 여관 앞에 멎었다. 나는 비틀비틀 지프에서 나와 건물 안으로 들어갔다. 순간 고향의 클라인밀러 씨네 집에 왔다고 생각했다. 그러나 내 방으로 가는 문을 찾을 수 없었다. 둥글둥글한 할머니가 나를 큰 소리로 환영했고, 나는 내가 유일한 손님임을 알게 되었다. 할머니는 내 이마를 짚어 보고는 손을 흔들더니 나를 침대에 밀어넣고 차를 끓여 오고 해열용 장딴지 싸개를 해 주었다. 내 침낭이 부글부글 끓는 원통형 쇠난로 위에서 김이 나는 것을 보고, 멜린카로 가는 다음 카페리가 나흘 뒤에야 떠난다는 소리를 들은 다음, 나는 만사를 되어가는 대로 내버려 두었다.

이틀 동안 졸다 깨다 하면서, 할머니가 내 침대 옆에 앉아 내 양말을 깁는 것을 보았다. 그러나 할머니로부터 신비로운 향을 풍기는 차와 촉촉한 장딴지 싸개와 온갖 알약의 도움을 받은 지 사흘째 되는 날이 되어서야 나는 맛있는 코차유요에 게걸스럽게 덤벼들 수 있었다. 코차유요는 요드 맛이 강하게 나는 일종의 해초다. 나흘째 되던 날 카페리가 점심때 이곳에 정박한다는 소리를 들었다. 나는 아침 일찍 밖으로 나가 도끼와 라이터, 그림엽서와 우표를 샀다. 그러다가 가게 주인과 이야기를 하기에 이르렀다. 물론 더듬더듬 대화했다.

가게 주인 : 섬으로? 멜린카로? 이 겨울, 이 빗속에? 지프차로?

그는 마치 미친 사람을 보듯, 아니 삶에 지친 사람을 보듯 나를 말끄러미 쳐다보았다.

나는 아직 편지를 쓰지 못했지만 먼저 지프를 닦아야 했다. 정오가 되었지만 카페리는 오지 않았다. 나는 불안해서 방파제를 거닐었다. 아이들이 나를 에워싸고 따라왔다.

할머니가 나를 데리러 왔다. 우선 점심을 먹었다. 그 동안은 밖에서 카페리가 정박하든 세계가 몰락하든 관계 없었다!

티타임에도 할머니가 나를 집으로 데리러 왔다. 그 집은 방파제 바로 뒤에 있다. 그 사이에 다시 비가 세차게 내리기 시작했다. 심지어 폭풍우처럼 휘몰아치기까지 했다. 카페리는 여전히 오지 않았다.

저녁 8시에―벌써 깜깜해졌다―마침내 카페리가 도착하여 느릿느릿 짐을 부리기 시작했다. 이제 우리는 여러 번 포옹을 하며 작별을 한다. 하지만 그 포옹은 제대로 꼴을 갖추기가 어렵다. 할머니의 눈이 내 배에서 한 뼘 정도의 위의 높이에 있기 때문이다. 할머니는 내게 슬그머니 성경 구절이 있는 성자 그림을 쥐어 주었다.

나는 그녀에게 감사할 것이 너무도 많았다. 내 열을 내리게 해 주고, 내 침낭을 말려 주었으며, 내 편도선을 다시 줄어들게 해 주고, 내 속옷을 세탁해 주었다. 나는 이제 그녀의 죽은 남편의 것이었던 늘어난 선원 풀오버를 입고 있다. 환상적으로 다채롭게 기웠는데, 내가 사흘 동안 비와 안개 말고도 다른 것(예를 들어 그녀의 가족사진과 카나리아 새 같은 것)을 보았다는 기념으로 준 옷이다. 그녀는 내가 지프를 타고 건너가는 동안 충분히 먹을 식량을 마련해 주었고, 그동안 내게 말하자면 일종의 따뜻한 털실 재킷이 되어 주었다. 게다가 그녀는 이 모든 것에 대해 단지 웃길 정도로 적은 액수를 요구했다.

배를 기다리고 있던 긴 줄이 무한히 느릿느릿 카페리의 갑판으로 밀려갔다. 자정 무렵에 마침내 나도 배에 올랐다. 배는 새벽 2시에 떠났다. 케욘의 불빛들이—많지는 않다—빗속에 번졌다.

11

카페리는 만원이었다. 겨울에는 1주일에 한 번만 운행하기 때문일는지도 모른다. 내 앞에는 통을 실은 트럭이 있고, 뒤에는 커다란 탱크차가 있다. 모든 것이 밧줄로 매여 있고 안전장치가 되어 있다. 미끄러운 갑판을 건너가려는 사람은 매어 놓은 밧줄이나 사슬에 걸려 넘어지지 않도록 조심해야 했다.

아주 작은 배였다. 갑판 높이에 많아야 12인용 정도의 객실 공간이 있고, 그 안에 의자가 나란히 놓여 있다. 바는 없고 레스토랑도 없다. 승객들은 별로 잘 사는 것처럼 보이지 않았고 각기 자기 몫의 먹을 것을 챙겨 왔다. 나는 안이 따뜻하기를 기대하며 객실문을 열었다. 실제로 열기가 한꺼번에 다가왔다. 하지만 그 혼탁함이라니! 안으로 들어가 봤자 기껏해야 벽에 있는 입석밖에 쟁취할 수 없을 것이다.

나는 차라리 침낭 속에 들어가 있기로 했다. 내 왼쪽 앞, 짐을 잔뜩 실은 용달차 속의 진 의류 상인처럼 말이다. 지프는 나의 성이다. 창유리를 통해 오른쪽을 보면—내 차는 난간에 바짝 붙어 서 있다—녹슨 쇠막대기들 사이로 바다려니 짐작되는 암흑이 보인다. 왼쪽 창유리를 통해 시선을 던지면 두 대의 트럭 틈새로 창백한 조명의 여자 화장실 문이 보인다. 보아하니 그곳도 난방이 되는 것 같았다. 왜냐하면 털모자를 쓰고 고무장화를 신은 남자 승객이 거기서 잘 작정을 하고 있었기 때문이다. 숙녀가 화장실을 쓰겠다고 요구할 때마다 그는 공손하게 그곳을 떠나 화장실이 다시 빌 때까지 밖에서 기다렸다. 보아하니 여자 승객은 몇 되지 않는 것 같았다.

나는 창유리에 바싹 고개를 대고 위를 올려다본다. 별이 빛나는 하늘이 보인다!

정말, 이제는 비가 내리지 않는다. 날이 갠 것이다. 천문대에 와 있는 듯한 느낌이 든다. 별들이 움직이고 이리저리 흔들리며 내 주위를 돈다. 카페리는 여러 번 항로를 바꾸는 것 같았다.

나는 낯선 바다를 항해한다. 내 밑에는 심연이 있고 내 위에는 우주가 있다. 내 고향 지구별은 우주 속에선 티끌에 불과하다. 그렇다면 난 대체 뭘까?

거기까지 생각하자니 어지러웠다. 나는 지금 학교에 앉아 있을 내 친구들을 기억 속으로 불러낸다. 그러자 모든 것이 다시 견딜 수 있을 만한 크기로 되돌아온다.

비가 오지 않는 날을 기대하며 나는 침낭 속으로 파고들었다. 이제 밤은 많이 남아 있지 않았다.

부드러운 충격이 나를 깨웠다. 나는 벌떡 일어섰다. 날이 화창했다. 태양이 갑판과 자동차들 위에 놓여 있고, 사람들이 짐을 끌고 갔다. 트랙터가 덜커덩덜커덩 카페리를 떠났다.

나는 지프에서 나와 앞으로 달렸다. 눈앞에 벌거벗은 언덕이 펼쳐졌다. 카페리 바로 앞에 마을이 다채로운 색으로 빛나고, 나무로 된 교회 탑이 우뚝 솟아 있었다.

멜린카임에 틀림없다. 할머니 말에 따르면 한때 러시아 주거단지였던 마을. 이곳에 머무를까? 1주일? 2주일? 사람들에게 물어보니 카페리는 딱 한 시간만 이곳에 정박한다고 한다. 빨리 결정을 내려야 했다. 나는 차카부코까지 가는 뱃삯을 지불했지만 중도에 내릴 수도 있다.

보아하니 방파제 위에 전 주민이 모인 것 같았다. 모두들 나를 호기심 어린 눈으로 쳐다보았다. 세상에 겨울에 여행객이? 별 괴상한 녀석 다 있네? 하는 눈초리다.

생선 냄새가 났다. 집 사이사이에 쌓여 있는 조개껍질 무더기들, 이끼로 덮인 판잣집 널빤지들. 개 한 마리가 반쯤 쓰러진 수상 가옥 밑에서 낑낑거렸다. 개의 갈비뼈가 몸에서 불거져 나와 있다. 질척질척한 길들이 마을 뒤 언덕에서 사라졌다. 여관 하나(창문에 붙은 종이 간판이 겨울에는 닫혀 있다고 알려 주었다.), 선술집 하나, 아주 조그만 가게 하나, 초라한 학교 하나.

굴뚝에서 연기가 바람 고요한 아침 속으로 수직으로 올라갔다. 햇빛 속 해변에서 알록달록한 보트들이 열을 지어 반짝였다. 좁고 거친 모래 해변인데, 온통 커다란 물고기 뼈들이며 온갖 쓰레기들이 널려 있었다.

숲은 보이지 않았다. 모두 밭과 목초지를 위해, 땔나무와 건축 자재를 위해 베어 냈을 것이다. 어쩌면 팔기도 했으리라. 지금 햇빛 속에 놓여 있는 마을은 얼핏 목가적으로 느껴진다. 감동적이기까지 하다. 하지만 폭풍우 속에서라면 어떨까? 1주일에 단 한 번 카페리가 운항하는 섬 마을인지라, 옴짝달싹 못하고 눌러앉아 있어야 한다면?

나는 고개를 저었다.

다시 갑판으로 돌아갔을 때 그들은 통나무 규격재들을 막 뭍에 부린 참이었다. 난간에 첩첩이 쌓여 있던 한 무더기의 자루들역시 사라지고 없었다. 대신 지금은 얼음 덩어리들과 물고기들이든 커다란 바구니들이 있었다. 햇볕에 그을린 인디오 얼굴을 지닌두 남자가 바구니들을 이리저리 옮기고 있었다. 진 의류 상인이 다시 나타났는데, 이번에는 여자와 함께였다. 그 여자도 옷하고 함께자동차 속에 넣어 두었던 걸까? 우리는 몇 마디 친절한 말들을 교환했다.

바깥 바다에서 파도가 찰싹였다. 승객들이 바다를 보며 뭔가를 가리켰다. 커다란, 아주 커다란 물고기 한 마리가 막 파도 속으로 미끄러지듯 되돌아가는 것이 보였다. 비늘이 반짝였다. 물고기가 다시 한 번 뛰어올랐다. 아니면 다른 놈일까? 두 번째 물고기가허공으로 솟아올랐다. 또 세 번째 물고기가! 물고기들은 훌쩍훌쩍뛰어오르며 바다를 가로질렀다. 돌고래인가?

나는 숨을 깊이 들이쉬었다.

카페리가 출발했다. 앞으로의 항해는 매혹과 환멸이 교차될 것이다. 청명한 날씨가 계속되었다. 남쪽 저 멀리 대륙에 있는 항구인 차카부코로 향하면서 나는 기기묘묘한 톱니 모양의 산맥을 본다. 멀리 화산과 평평한 해안선을 본다. 그리고 무엇보다도 섬들이 지나가는 것을 본다.

정말 섬들이 많다. 평평한 섬도 있고 산이 많은 섬도 있다. 어떤 섬들은 축구장만하고, 어떤 섬들은 육지의 일부라고 생각할 수 있을 정도로 넓다. 그러나 모든 섬들이 물가까지 숲으로 덮여 있는 게 보였다. 눈으로 똑똑히 보였다. 나는 난간 너머로 몸을 쑥 내밀고 섬과 숲을 보고 또 보았다. 그것은 나무들이 듬성듬성한 작은 숲이 아니라 내 작은 도끼로는 거의 흔적도 남기지 못할 만큼 빽빽한 원시림이었다. 하루에 200미터를 헤치고 나아간다면 몹시 뿌듯할 정도로 빽빽한. 그것도 퍼붓는 빗속에서 헤치고 나아간다면!

여기서 한 주 또는 그 이상을 머문다면? 지금 이 우기에? 그렇다면 세상의 모든 배들에게 와 달라고 간청해야 할 것이며, 섬을 저주하고, 이리로 오자고 결정했던 순간의 생각을 저주할 것이다. 저렇게 초록색 팬케이크와 같은 곳을 주거지로 선택하려면, 먼저 밖에서 개간을 시작해야 거기서 파멸하지 않을 거다!

지프는? 멜린카에서라면 적어도 갑판에서 차를 끌어낼 수 있을 것이다. 하지만 여기다 갖다 놓겠다고 하면 모든 카페리 선장이 반대할 것이다. 이제 나는 케욘의 가게 주인을 이해할 수 있다. 그는 눈앞에 미치광이 유럽인을 보고 있었던 거다.

나는 이 모든 것들을 지나가게 내버려 두어야 한다. 비록 거품이 하얗게 부서지는 잿빛 도는 초록빛 바다에 둘러싸이고, 파란 하늘 밑에서 촉촉한 초록으로 빛나는 모든 것들이 동경을 일깨운다 해도 말이다.

나는 팸플릿의 매끄러운 종이에서 본 사진들을 생각했다. 그것들은 과장된 약속을 한 것이 아니었다. 여름에 자신의 배를 타고 키를 조종하며 돌아다니면서 피오르드를 탐사하고, 모든 좁은 곳들을 뚫고 나아가며 모든 섬들을 돌아보는 것은 매혹적일 것이다. 그러나 그것 역시 며칠에 불과할 것이다.

어쨌거나 나는 파타고니아의 산꼭대기 하나를 볼 수 있었다. 전 지구 위에 존재하는 인간이 지금 멕시코시티에 사는 인구보다 많지 않던 원시 시대에서나 볼 수 있음직한 풍경. 여행에 대한 판타지를 일으키는 파노라마들.

커다란 새들이 카페리 주위를 맴돌고 물고기 떼가 그 뒤를 따른다. 뤼디거 외삼촌이 이곳에 왔다면 정신을 놓아 버렸을 거고,

팀이라면 몸을 긁는 것을 잊어버릴 거다. 나는 좌현에서 우현으로, 뱃머리에서 고물로 뛰어다닌다. 한번은 팽팽하게 쳐 놓은 밧줄을 못 보고 넘어지는 바람에 지금은 내 보라색 재킷 위에 기름얼룩이 묻어 있다.

하늘이 움직이며 깊이 드리운 구름들이 지평선으로부터 다가오는가 싶더니 벌써 다시 비가 내리기 시작했다. 내리는 게 아니라, 퍼붓는 수준이다. 나는 지프 속으로 도망쳤고, 어쨌든 금세 어두워질 거라는 생각으로 위안을 삼았다. 안개가 자욱해지며 우리는 밤을 향해 달렸다. 금방 바다를 볼 수 없게 되었다. 다만 냄새와 소리만 있을 뿐이다. 그리고 입술 위에 짭짤한 소금 맛이 느껴진다. 모든 것에 소금 막이 덮여 있다. 카페리도, 지프도, 내 보라색 재킷도. 앞날을 생각해 보면 그것들 역시 소금 막이 덮여 있는 것 같다. 다른 말로 하면 나는 의기소침해 있다.

우리는 점점 좁아지는 대륙의 피오르드 속으로 들어갔다. 그 끝에 우리의 종착 항구인 차카부코가 놓여 있다.

여행의 종착지. 우리는 배를 대고 벼락닫이 다리를 내린다. 아주 가까이에 거대한 그림자가 우뚝 솟아 있다. 혼자 외로이 녹슬고 있는 원양 어선의 난파선이었다.

진 의류 상인과 여자와 작별 인사를 나누었다. 어디로 가느냐고 그가 물었다. 나는 아직 모른다고 했다. 조금 더 함께 갈 수 있지 않을까, 서로 호위하며? 재미있기도 하지만 그렇게 가면 더 안전하다는 것이다. 그는 남쪽 벽촌으로 가야 한다고 했다.

그러나 나는 그렇게 하고 싶지 않았다. 그는 매우 유감스러워했다. 그의 작은 여자 친구 또는 아내가 미소를 지었다. 수천 번의 인사와 포옹을 나누고 그들은 파란색 트럭 속으로 들어갔다. 아디오스.

카페리에서 나오면서 나는 아쉬웠다. 거의 스물네 시간 동안 그 훌륭한 낡은 '메르체데스' 호가 나의 집이었고 어디로 갈지 항로를 결정했다. 지금부터는 다시 내가 모든 결정을 내려야 한다.

한밤중이었다. 나는 지프를 가로등 밑에 대고 그곳에서 남은 밤을 보내기로 결정했다.

12

비, 비, 비. 전혀 날이 환해지지 않아도 나는 놀라지 않을 것이
다. 나는 내륙 안쪽으로 몇 킬로미터 들어가, 어떤 늦잠꾸러기 레
스토랑에서 아침을 먹었다. 모래로 덮인 리우 아이센 강 옆의 작은
도시 푸에르토 아이센이라는 곳이다. 강변에 비교적 큰 배들이 눈
에 띄지 않는 것으로 보아, 이곳에 들어올 수 있는 것은 작은 어선
들뿐인 것 같다.

골짜기 양쪽에서 초록색 언덕이 가파르게 치솟으며 구름 속
으로 사라진다. 이 아래에서는 거의 숨이 트일 자리가 없다. 이곳
에서 내 인생을 보낸다면 저기, 한 번도 나지막한 골함석 지붕들
위로 솟아올라 보지 못한 종려나무들처럼 쇠약해질 것이다.

나는 다시 한 번 주유를 하고 할 수 있는 한 빨리 그곳을 떠났

다. 좋은 아스팔트길이 굽이굽이 산으로 올라간다.

나는 구름 속으로 뚫고 들어갔고 한동안 안개 속을 달렸다. 그런데 갑자기 지독한 안개가 싹 걷히더니 저 밑에 하얀 바다가 보이며 산꼭대기가 구름 위로 우뚝 솟아 있다. 산은 점점 높아지고 공기는 점점 건조해진다. 숨을 쉬기가 더 좋아지며, 이제 내 폐가 물로 가득 차 있다는 느낌이 없어진다. 나는 이제 비보다 높은 곳에 있다. 그러나 이곳은 골짜기보다 더 춥다. 물웅덩이에 얼음이 보인다.

앞쪽으로 숲이 없는 갈색의 평평한 비탈 위에 체스판 무늬의 도시 코이하이크가 놓여 있고, 그 뒤부터 아르헨티나가 시작한다. 저곳에 가면 내가 그리던 드넓은 평원, 지평선까지 펼쳐지는 평원이 있을 것이다. 저곳으로 넘어가지 못할 이유가 있는가? 세계가 내게 열려져 있는데?

나는 코이하이크를 향해 돌진했다.

이 길을 가지 않을 수도 있다. 국경을 넘더라도 지프를 몰고 가지 않을 수도 있다. 지프는 이 나라에 머물러야 하니까.

칠레를 떠나지 않고 남쪽 도로를 탈 수 있지만, 역시 결정을 내리지 못했다. 물론 풍경은 근사할 거다. 그러나 도로가 다시 빗속에 잠기고 안개로 에워싸였다. 호수며 빙하, 산, 그 어느 것도 보이지 않았다. 그러더니 코치레인에서 막다른 길에 이르렀다. 도로는 아직 건설되지 않았다. 이곳에 있으면 비와 안개와 진흙 속에 갇히고 만다. 주유소 같은 것도 없다. 겨울에 이곳 사람들은 꼼짝 못하고 주저앉아 있다. 앉아 있을 수 있다면 말이다.

세 시간 뒤 나는 다시 좁은 길로 돌아가, 마지막 가능성인 아우스트랄 고속도로로 향했다. 대륙 위 북쪽은 푸에르토몬트와 산티아고, 적도 방향이다. 다시 말해 따뜻하고 건조한 곳으로 향하는 방향. 그것은 근사한 노정일 것이다. 여름에는 말이다.

끝이 없는 파타고니아의 원시림을 뚫고 나오면서 나는 온갖 종류의 비를 알게 되었다. 가랑비, 이슬비, 소나기, 장대비. 밤에 바위 언덕에서 차를 멈추고 바다를 쳐다보는데(여름에는 바다가 보일 거다.) 지프 지붕에서 빗소리가 두두두두, 주룩주룩, 톡톡톡, 뚝뚝뚝, 후두둑 요란했다. 또한 대나무, 고사리, 이끼, 지의류들의 냄새를 알게 되고, 다시 거의 숨을 쉴 수 없을 정도로 폐에 물방울들이 가득 찬 느낌이 들었다. 한번은 손가락을 쫘악 벌려 보았다. 혹시 손가락 사이에 물갈퀴가 자라고 있지 않을까, 하는 갑작스런 불안에 사로잡혔던 거다. 나는 백미러에 얼굴을 갖다 대었다. 혹시 콧구멍에서 지의류 같은 것이 자라고 있지 않을까? 거목에서 물방울을 뚝뚝 떨어뜨리며 몇 미터나 늘어뜨려져 있는 누르께한 올리브색 지의류 같은 것이?

나는 시속 60킬로미터 이상은 허용할 수 없었다. 안개의 장막 때문에 마지막 순간에야 가로놓인 깊이 패인 도랑을 보았다. 빗물이 만든 개울이 도로를 가로지르며, 진흙과 돌 더미를 퇴적시키고 도로에서 자갈과 점토 덩어리들을 떠내려 보내고 있었다. 물이 가득한 수로들은 얼마나 깊은지 그저 짐작만 할 수 있을 뿐이다. 심지어 한번은 산사태의 흔적과 만나기도 했다. 산사태는 세 개의 혀를 내밀면서 숲을 함께 데려왔다. 나는 부러진 나무줄기며 덤불 뭉치, 바위 덩어리들을 보았다. 도로는 겨우 부분부분 치워져 있었다. 물에 흠뻑 젖은 일단의 작업 인부들이 안개 속에서 나타났다. 임시 도로가 돌더미 언덕을 돌아 나아갔다. 계속 앞으로 가자.

자동차를 만나는 건 드물었다. 이런 연무 속에서 보행자를 만나는 건 한층 더 드물었다. 한번은 자루를 짊어지고 가는 할머니를 태워 주었다. 할머니는 이 없는 입으로 웃으며 고맙다는 표시로 내 팔을 톡톡 두들겼다. 어느 외진 사거리에 이르자 할머니는 내리고 싶어 했다. 하느님께서 보답을 해 주실 게요, 할머니가 작별 인사로 말했다.

말 탄 사람들이 가축을 몰았다. 어느 마을 근처에서 나는 학생들을 추월했다. 나는 그들을 태워 주겠다고 제안했지만 그들은 수줍게 고개를 저었다. 어쩌면 나는 그들이 보기에 '나쁜 아저씨' 같았을지도 모른다.

자꾸만 전기톱이 돌아가는 날카로운 소리, 나무 쓰러지는 소리가 안개를 뚫고 들려왔다. 쓰러진 나무줄기와 실랑이하는 사람들이 희미하게 보였다. 그들이 깜짝 놀라 몸을 일으키고 나를 빤히 쳐다보는 모습을 보아하니 뭔가 수상쩍은 짓을 하고 있었던 게 분명하다. 어쩌면 그들이 쓰러뜨리고 톱질한 나무들은 그들의 것이 아닐 수도 있다.

이 사흘 동안 나는 마을 세 개밖에 지나가지 못했다. 아니면 더 많은 마을을 지나갔지만, 안개와 퍼붓는 빗줄기 속에서 알아차리지 못했던 걸까?

사흘째 되는 날, 뜨거운 김이 무럭무럭 나는 쌀 수프를 떠먹기 위해 나는 어느 외진 마을에서 감히 15분 동안 쉬는 즐거움을 누렸다. 왜냐하면 재킷과 선원의 풀오버를 입고 자동차 히터를 틀어 놓았음에도 불구하고 점점 더 추워졌기 때문이다. 냉기가 이제는 영혼 속에까지 기어들어온 것 같았다. 수프가 최고의 작용을 했다. 내 입에서는 김이 났다.

수프를 떠먹는 동안 벨빙거 여행 안내서를 뒤적여 앞으로 길이 어떻게 되는지 보았다. 그러니까 지금 나는 사흘째 아우스트랄 고속도로 위에 있는 셈이다. 겨울에는 차이텐부터 지방도로가 차단된다. 나는 푸에르토몬트로 가는 카페리를 타야 했다. 케욘과 차카부코를 알게 된 뒤 나의 상상 속에서 그 크기와 모습이 거대하게 자리 잡게 된 항구도시다. 차이텐까지 계속 달려가 그곳 호텔에 들어갈까? 아니면 또다시 지프 속에서 밤을 새야 할까?

따뜻한 것이 너무도 그립다.

내게 음식을 갖다 준 저 여윈 식당 주인은 내 생각을 헤아렸을까? 내가 유일한 손님이기에, 그가 나를 집중적으로 상대할 시간이 충분히 많긴 했다. 아무튼 그가 히죽 웃으며 말한다.

"겨울에는 이곳의 모든 것이 닫혀 있지요. 우리 집도 닫혀 있고, 저기 위 우리 경쟁자의 집도 닫혀 있고."

그는 창문을 통해 어떤 비스듬한 목조 건물을 가리킨다.

"차이텐 방향으로 가면 테르메 엘 아마리요에서 숙소를 발견할 수 있을 겁니다. 그곳은 1년 내내 열려 있답니다. 왜 그러는지는 모릅니다. 겨울에 해수욕하는 사람도 없는데 말이지요."

나는 나도 모르게 몸을 떤다.

그가 웃는다.

"그곳에 가면 춥지 않을 겁니다. 뜨거운 온천이 있으니까. 생각보다 더 뜨거울 겁니다."

그 말은 내게 호기심을 일으켰다. 정말 따뜻한 곳에서 묵지 않을 이유가 있는가? 너무 비싸지 않다면? 마지막 구간에서 나는 지프가 낼 수 있는 최고의 속도를 내어 달렸다. 그러다가 한번은 깊이 팬 구멍 속으로 덜컥 박혔다. 이제 차축이 끝장났구나, 하고 생각했는데 단지 내 머리만 자동차 뚜껑에 부딪혔을 뿐이다. 안전벨트를 하고 있지 않았던 것이다.

나는 갈림길에 도착하자 표지판을 보고 커브를 틀었다. 곧 어두워질 것이다. 서둘러야 했다.

13

　자갈길이 구불구불 숲 골짜기로 들어갔다. 6킬로미터를 달리고 나니 전나무 종류의 커다란 나무들 사이로 벽돌집들이 나타났다. 벽돌집들은 큰 목조 건물을 중심으로 모여 있는데, 목조 건물에서만 희미하게 불빛이 비쳤다. 이곳 땅바닥 여러 군데에서 김이 솟아올랐다.

　진입로가 열려 있었다. 나는 그리로 접어들어 큰 건물 앞에 정차했다. 건물의 앞면은 앞으로 튀어나와 있는 지붕 밑까지 유리로 되어 있다.

　작고 통통한 인디오 여자가 문을 열어 주며 내게 미소를 지었다. 그녀의 넓적한 얼굴에서 건강이 빛났다. 사과 같은 뺨에 보조개가 있다. 그녀의 나이를 어림잡아 본다. 어쩌면 그녀는 나보다

114

나이가 많지 않을지도 모른다. 어쩌면 벌써 서른 살인지도 모른다. 그녀의 검은 머리는 하나로 굵게 땋여 있다.

그녀가 고개를 끄덕였다. 물론 내가 여기서 묵을 수 있다는 뜻이다. 그녀가 부른 액수 정도는 지불할 수 있다. 본관에 묵고 싶나요, 아니면 일곱 채의 별채 가운데 하나에 묵고 싶나요?

나는 그런 작은 집에 더 마음이 끌린다. 결정을 내리기 전에 먼저 보여 달라고 하자 그녀가 앞장을 섰다. 블라우스와 긴 주름치마를 입었는데, 그 치마는 그녀를 실제보다 더 통통하게 보이게 했다.

"비가 오는데!"

내가 그녀에게 소리쳤다. 비옷을 입거나 우산을 쓰지 그래요?

그러나 그녀는 그냥 웃으며 빗속으로 뛰어들어갔다. 어느 틈에 그녀는 가장 가까운 별채로 건너가서는 문을 열고 초에 불을 붙이고 들어오라는 몸짓과 환한 미소로 나를 맞았다.

나는 놀란다. 내부는 정말 거칠었다. 벽은 가공하지 않는 목재로 되어 있고, 두 개의 소박한 나무침대와 구불구불 연통이 연결된 난로가 있는데, 창구멍에는 유리가 아니라 투명한 플라스틱판이 끼워져 있을 뿐이다. 방바닥은 거칠게 대패질한 널빤지였고, 침대

밑으로 맨 땅바닥이 보였다.

나무꾼들의 오두막집 스타일. 마음에 들었다. 하지만 그것 말고도 뭔가가 더 있었다. 내가 여기 온 것은 무슨 이유가 더 있지 않았나?

그녀가 웃으며 촛대를 들고 문을 열었다. 불꽃이 깜박거리는 어슴푸레한 빛 속이라 전혀 발견하지 못했던 문이다. 그녀는 다시 초대하는 듯한 몸짓을 하며 불빛을 높이 들었다. 나는 몸을 굽히고 그녀 옆을 지나 방으로 들어갔다. 후끈 열기가 내게 다가왔다. 바닥에 김이 펑펑 솟아오르는 물로 가득 채워진 욕조가 보였다. 이제 나는 왜 그것이 거기 있는지 이해했다. 집집마다 원하는 만큼 머무를 수 있는 자신만의 욕조가 있는 것이다.

"화장실만 없어. 하지만 멀지는 않아." 그녀가 말했다.

나는 이 집을 쓰기로 했다. 하룻밤 동안. 나는 어느새 보라색 재킷의 단추를 푼다. 갑자기 내 자신을 속속들이 따뜻하게 하고 싶은 욕구를 억제할 수 없기 때문이다.

그녀가 웃는다.

"손님은 너밖에 없어."

그녀는 밖으로 나가 별채 뒤로 뛰어가면서 외친다.

"한 달 전부터 아무도 오지 않았어. 너 다음에도 당분간은 오는 사람이 없을 거야. 겨울은 이제 막 시작인걸."

그녀는 잠시 바깥에서 뭔가를 처리하더니 다시 나타났다. 그녀의 얼굴에 빗물이 흐르고 손에서는 김이 났다.

"뜨거운 물과 찬물이 제대로 나오게 했어. 먼저 뭘 좀 먹을래?"

그녀가 물었다.

블라우스가 축축이 젖은 채 가슴에 붙어 있고 젖꼭지가 도드라져 있다. 저렇게 젖다니! 그럴 필요까지는 없었는데.

"나중에 먹을래."

내가 대답한다.

그녀는 웃으며 본관으로 뛰어갔다. 자연아, 라는 단어가 떠올랐다. 그녀는 분명 코감기 같은 것에 걸리지 않으리라.

문을 닫아야지! 잠글 수는 없었다. 열쇠가 없기 때문이다. 그러나 그럴 필요가 있을까. 손님은 나밖에 없는걸. 나는 옷에서 빠져나와 증기 속으로, 따뜻한 열기 속으로 들어간다. 아 좋다.

욕조는 깊다. 똑바로 앉으면 물이 가슴까지 온다. 나는 다리를 올리고 팔을 펼치고 눈을 감고 몸을 맡긴다. 비스듬한 지붕 위로 후드득 비가 쏟아진다. 밖은 춥다. 그러나 여기, 이 속에서 나는 따뜻한 물속에 아늑하게 잠겨 있다. 이런 아늑한 느낌은 내가 태어나기 전 아홉 달 동안에나 느꼈을 수 있다.

문이 아주 작은 소리로 삐걱거린다. 쳐다보니 증기 사이로 희미한 그림자가 떠오르며 나지막한 웃음소리가 들린다. 그녀도 역시 욕조 속으로 들어온다. 나처럼 벌거벗은 채, 물고기처럼 유연하게, 물속으로 몸을 담근다.

우리는 밤도 함께 보냈다. 마치 그것이 세상에서 가장 당연한 일이라는 듯이. 이러쿵저러쿵 말을 늘어놓지도 않고 유난스레 굴지도 않았다. 그녀는 무척 경험이 많은 것 같았다. 나는 처음이었다. 물론 그녀는 알아차렸을 거다. 하지만 나에게 그것을 느끼게 하지 않았다. 기이한 느낌이었다. 단지 우리 둘만이 이 골짜기에, 산의 주름 속에, 커다란 숲 속에 있는 것만 같았다.

다음 날 아침, 우리는 다시 욕조에 들어갔다. 생기가 돈다. 나는 이끼 덩어리 때문에 숨이 막힐 뻔했다. 다행히도 욕조에 떠다니는 건 죽은 거미가 아니었다.

나중에 나는 이 전체 시설을 구경하게 되었다. 뜨거운 온천. 여기서 끊임없이 모든 욕조로 물을 끌어 온단다. 또 하나의 샘. 이곳의 찬물로 욕조의 수온을 조절한단다. 수양버들 아래 김이 무럭무럭 나는 야외 온천, 광물 진흙욕천, 캠핑지, 전면이 커다란 창문으로 된 본관의 식당과 라운지. 여기에는 암소와 양, 멧돼지의 두개골과 퓨마와 산고양이의 모피가 벽에 걸려 있다.

마치 나 자신의 일부가 떼어 내진 느낌이다. 우리는 서로 많은 말을 하지 않는다. 말을 해서 또 뭐하게? 그녀는 단지 경비원인지 관리인인지, 아무튼 그런 직책으로 지금 여기서 일곱 번째 겨울을 보내고 있다는 것만 알려 주려고 했다. 이 온천의 주인은 혼자 여기서 겨울을 보낼 믿을 만한 다른 여자를 찾지 못했단다. 남자는 그에게 너무 비싸고. 게다가 요리를 할 수 있는 남자를 하나 두어야 한다. 사장은 그녀에게 만족한다고 한다. 그는 그녀를 믿는다. 여름에도 그녀는 여기에 있다. 그때는 종종 너무 바쁘기 때문에 종업원을 쓴다고 한다.

우리는 부엌에서 식사를 했다. 그녀는 나하고 똑같은 것을 먹었다. 첫날 저녁에는 엠파나다스라고 하는 맛있는 속이 채워진 만두를 먹었다. 나는 별로 입맛이 당기지 않았다. 그러나 다음 날 저녁 그녀가 다시 엠파나다스를 구워 주자 나는 아주 많이 먹었다.

온천에 머무른 날은 빛나듯이 아름다웠다. 그토록 많은 비가 내리고 난 다음 이런 날이 온다는 게 전혀 가능한 일로 여겨지지 않는다. 새파란 하늘, 그러나 숲은 하얀 서리를 머금고 있을 정도로 춥다. 그 하얀 서리는 마치 숲이 우리에게 경의를 표하는 듯하다. 우리가 손에 손을 잡고 온천 지대를 뛰어다닐 때 두 사람의 입에서 뜨거운 온천처럼 김이 났다.

그녀의 이름은 마르타이다. 평범하게 그냥 마르타. 부엌에서 그녀와 함께 있는 것은 얼마나 근사한지. 촛불을 켜 놓고. (겨울에는 전 온천에 전기가 끊어진다.) 우리 자신보다 훨씬 큰 우리 그림자가 벽에서 춤을 춘다. 우리가 앉은 탁자가 있는 구석만 밝다. 점심을 먹을 때는 초가 필요 없다. 창문 사이로 햇살이 밝게 비치니까. 나의 시선이 벽의 포스터에 닿았다. 그것은 무한히 넓고 금이 죽죽 간 돌투성이 평원을 보여 준다. 나무도 없고 덤불도 없고 그늘도 없다. 길 하나가 이 풍경을 뚫고 일직선으로 지평선까지 나아가고, 지평선에는 산맥이 하늘과 땅의 경계를 이룬다. 하늘은 짙은 파란색이며 구름 한 점 없다.

"여긴 어디야?"

나는 숨을 멈추고 마르타에게 물었다.

그녀는 별거 아니라는 듯한 몸짓을 한다.

"북쪽 어딘가 일거야. 초록색도 없고 비도 없는 곳이지. 모든 게 바싹 말라 버린 곳이야. 끔찍한 지역이지."

"거기 가 본 적 있어?"

나는 흥분해서 몸을 앞으로 구부리며 묻는다.

"아니."

그녀가 놀라 대답한다.

"뭐 하러 가? 바싹 말라 버리게?"

그녀가 웃는다.

"거긴 아무도 가지 않아. 기껏해야 통과하는 곳이야. 그것도 가능한 한 빨리."

그러니까 북쪽은 그런 모습이란 말이지. 그렇다면 그곳으로 가야 해. 그곳에 가면 숨을 쉴 수 있는 빈 자리가 있을 거야.

그녀가 맞은편에 앉아 슬픈 눈으로 나를 쳐다본다. 어쩌면 그녀는 이 그림이 내 마음속에서 무슨 생각을 불러일으켰는지 알아차렸는지도 모른다. 그녀가 내 쪽으로 다가와 몸을 기댄다. 하지만 내 몸을 더듬거나 이러쿵저러쿵 잔소리를 늘어놓지 않고 단지 몸을 내게 기대왔다.

"조금만 더 있어 줘."

말은 그래도 자신이 나를 붙들 수 없음을 아는 것 같았다.

그렇다. 그녀는 나를 붙들 수 없다. 나는 붙들릴 수 없다. 그녀가 부탁하면 할수록 더 붙들릴 수 없을 것이다.

그녀는 내 턱과 뺨에 난 털을 '바르바'라고 불렀다. 수염이란 뜻이다. 정말, 그러고 보니 이제 그것은 솜털이 아니다. 벌써 뻣뻣한 털이다. 이 털을 모두 깎아야 한다. 그럼 더 빨리 자랄 거다.

그녀는 내 식비와 이틀 동안의 숙박비를 정확하게 계산했다. 이틀 밤하고 하루를 나는 이곳에 머물렀다. 이 만남에는 충분한 시간이다.

팁은? 무슨 소리야. 그런데 내게는 그녀에게 작별 인사로 선물할 것이 아무것도 없다. 그녀는 나의 당황을 알아차리고 웃으면서 나를 지프 쪽으로 밀며 말한다.

"괜찮아, 괜찮아."

그리고 창문을 통해 먹을 것을 건네준다. 그녀는 그것에 대한 돈은 받으려 하지 않는다.

그녀는 문 앞에 서서 길이 바위를 돌아갈 때까지 내게 손을 흔든다.

14

나는 차이텐에 가자마자 물어물어 선박 회사를 찾아갔고, 푸에르토몬트로 가는 카페리가 한 시간 뒤에 기다리고 있을 거라는 말을 들었다. 운이 좋았다! 나는 표를 사고 선착장에 가서 줄을 섰다. 내 앞에는 대형 트럭이 있고, 그 앞에는 파란색 용달차가 있다. 그런데…….

누가 지프로 와서는 거의 유리창을 깰 듯이 기뻐하는 게 아닌가? 케욘의 진 의류 상인이었다. 그 역시 아우스트랄 고속도로를 타고 왔다는데, 기분이 만족스러워 보였다.

"거의 전부 다 팔았어."

그가 자랑스럽게 말했다.

그는 카페리에서 두르고 있던 알록달록한 체크무늬 목도리를 다시 여러 번 목에 감고 코 까지 목도리로 싸고 있었다. 나는 그가 하는 말을 거의 알아들을 수 없었다. 목구멍에 해초가 걸렸나? 바다 위에서 점 하나가 나타나며 점점 커진다. 카페리다. 틀림없이 낡은 '메르체데스' 보다 더 크고 편안한 배일 거다. 나는 따뜻한 객실과 레스토랑을 생각하며 기뻤다. 지금 커피 한 잔을 마시면 좋을 텐데…….

카페리가 이름을 읽을 수 있을 만큼 가까이 왔을 때 나는 입이 떡 벌어지고 말았다. 그 '메르체데스' 가 아닌가!

갑판에 오르자마자 의류 상인은 자동차 속의 여자에게 기어 들어갔다. 나는 난간에 머물러 있었다. 나의 상상은 이제 팔다 남은 옷가지들 사이로 무슨 일이 진행되고 있을지에 몰두한다. 그러다가 산맥이 보여 주는 굉장한 파노라마에 주의가 쏠렸다.

비는 오지 않았지만 바람은 얼음처럼 차고 점점 폭풍이 되어 갔다. 카페리가 부드럽게 흔들리기 시작한다. 이제 나는 지프 속으로 돌아간다.

메르체데스는 한밤중에야 푸에르토몬트 항구에 도착했다. 나로서는 포마드를 발라 딱 붙여서 뒤로 넘긴 머리밖에 알지 못하는 그 의류 상인이 나를 껴안는다. 나도 비슷한 행동을 보여 주지 않을 수 없다. 그는 대놓고 감동한다.

"하느님께서 우리가 다시 만날 수 있도록 해 주시기를!"

그가 목도리 속에서 쉰 목소리로 말했다. 그런 다음 그는 재채기를 했다. 감기에 단단히 걸렸나 보다.

나는 이곳에서 묵지 않을 거다. 비록 그 의류 상인이 환상적으로 저렴한 데다가 난방도 잘 되는 어떤 여관에 묵으라고 간곡하게 당부해도 말이다. 나는 가능한 한 빨리 계속 가려고 한다. 내 눈에는 오로지 불빛이 명멸하는 길과 뜨거운 평원과 머나먼 지평선만 보인다.

"푸에르토몬트가 얼마나 볼 것이 많은 도시인데!"

청바지 상인이 비난하는 어조로 외친다.

"푸에르토몬트는 적어도 사흘은 머물 가치가 있다네!"

하지만 나는 여행객이 아니다.

작은 그의 부인 역시 파란색 자동차 밖으로 기어 나와서 내 뺨에 입을 맞추고는 나에게 모든 일이 잘 되고 하느님의 축복을 받기를 기원해 준다. 그리고 우리는 헤어진다. 빗속에서.

전혀 졸리지 않다. 나는 밤의 도시를 가로질러 판아메리카나 쪽으로 달린다. 북쪽으로 달리는 것이다. 나는 속력을 낸다. 내가 여기 와서 반대 방향으로 달린 지 며칠이 지났을까? 벌써 6월이 되었을 거다. 아직 나는 팀과 뤼디거 외삼촌에게 카드를 쓰지 못했다.

나의 부모님은 그 사이에 내가 칠레에 있다는 것을 알아냈을 것이다. 충분히 짐작할 수 있는 일이었다. 수사관들에게 그런 일은 누워서 떡 먹기니까.

순간 거센 놀라움이 내 머릿속을 번개처럼 지나간다. 아버지가 인맥을 통해 이곳 경찰에게 나를 찾게끔 했다면 어떻게 할까? 그가 어떤 인맥을 갖고 있는지 누가 알랴? 모든 경찰서뿐만 아니라 모든 주유소, 호텔, 여관, 여행사, 자동차 대여상에게 요나스 클라인뮐러라는 이름의 독일 소년을 찾는 데 '강력하게 도와줄 것'을 요구했다면?

그리고 그 수염 아저씨가 경찰에게 나에 대한 정보를 제공했다면? 그러면 이제 어딜가나 내 이름뿐만 아니라 내 나이, 내 머리와 눈 색깔, 또한 내가 지프를 타고 돌아다닌다는 것까지 알겠군!

문득 경찰관이 나를 쫓아와 강제로 차를 멈추게 하고 나를 지프에서 끌어내려 데려가는 모습을 상상하자 나는 공포에 빠진다. 범죄 영화를 보면 꼭 그렇게 한다. 그렇게 되면 나는 프랑크푸르트

나 함부르크로 가는 다음 번 비행기에 앉혀질 것이며, 그곳에 도착하면 경찰이 나를 기다리고 있을 거다.

아니다. 온 칠레가 동원되어 나를 기다리진 않을 거다. 그렇게 할 만큼 나는 그다지 중요한 인물이 아니다. 그러다가 내가 성년이라는 생각이 떠오른다. 그러자 가슴에서 돌멩이 하나가 떨어져 나간다. 누구도 내가 원하는 대로 해도 방해할 수 없다. 내가 처벌받을 짓을 하거나 처벌받을 짓을 하려던 참이 아니라면.

내 이마 위에 솟았던 땀이 다시 마른다. 난 자유롭다. 자유, 자유! 설령 아버지가 직접 이리로 와서 내가 있는 곳을 묻고 알아낸다고 할지라도 그는 내 의지에 반해서 나를 독일로 데려갈 수 없을 것이다.

그러나 그는 올 수도 없을 것이다. 병원 일은 그렇게 하도록 허락하지 않는다. 그는 묶여 있다. 어머니도 마찬가지다. 그렇다. 그는 내가 살아 있다는 신호를 줄 때까지 그냥 기다리는 것으로 만족해야 할 것이다. 칼자루를 쥐고 있는 사람은 아버지가 아니라 바로 나다! 이 생각에 그는 익숙해져야 하리라. 지시를 내리는 데 익숙한 그에게는 고통스러운 과정일 거다. 그러나 우리가 언젠가 다시 한 번 만날 거라면 그는 그 과정을 통과해야 한다.

동쪽에서 안데스 산맥이 나와 함께 간다. 능선 위로 하늘이 발갛게 물든다. 나는 감히 오늘 하루는 비가 오지 않기를 기대해 본다. 몇 개의 원추형 화산이 내 곁을 지나가고 호수들이 반짝반짝 빛난다. 여행객들을 위한 풍경. 한 시간 또는 두 시간 뒤면 저쪽 고전적인 원추형의 기슭으로 갈 수 있으리라. 그리고 포즈를 취하며 히죽 웃음을 머금고 찰칵. 요나스 아무개라는 사람이 여기에 왔다는 증거다.

그러나 나는 이 화산들 하고는 아무런 관계가 없다. 북쪽으로 가려고 하기 때문이다. 게다가 카메라도 갖고 있지 않다.

이제 나는 피곤해진다. 어느 주유소의 카페테리아에서 커피 한 잔을 시킨다. 그림엽서와 볼펜을 함께 구입하고, 잠시 앉아서 이것저것 생각한다. 당연히 공개적인 엽서를 보낼 수는 없다. 팀과 뤼디거 외삼촌에게 보낸 것은 다른 누가 읽어서는 안 된다. 말하자면 편지지와 봉투를 사서 써 보내야 한다. 그러면 붙일 우표가 부족하다.

나중에, 아주 나중에, 사람들이 내가 떠났다는 사실에 익숙해지게 되었을 때, 그때는 엽서를 보낼 수 있겠지.

한 여종업원이 내 뺨을 부드럽게 도닥이며 머리칼을 쓰다듬

128

었다. 나는 빈 커피 잔 옆에다 머리를 대고 잠이 들어 있었다.

계속 가자, 계속. 비가 온다. 그것 말고 다른 일은? 그래, 곧 날이 어두워질 거다.

지프가 어딘가 이상하다. 갓길에 차를 멈추고 살펴보지만 워낙 이 기름투성이에 더러운 게 잔뜩 묻어 있는 내부에 대해서는 거의 아는 바가 없는 나로서는 어디에 문제가 생겼는지 알 수 없다. 나는 불안한 심정으로 계속 달리지만 곧 기어를 일단으로 놓고 기어간다.

다행히 앞에 작은 마을이 나타났다. 나는 차에서 내려 수리 공장이 어디 있는지 물었다. 누군가 히메네즈 기사에게 가 보라고 권했다.

나는 유칼리나무 숲 가장자리에 있는 헛간 같은 작업장에서 그를 발견했다. 유칼리나무들은 훗날 제지 공장에 가기 위해 열과 줄을 지어 자라고 있었고, 짙은 냄새를 풍겼다.

기름으로 범벅이 된 두 손을 지닌 말없는 중년 사내 히메네즈는 잠깐 엔진 위로 몸을 구부리더니 시동을 걸라고 했다. 그러고는 귀를 기울이며 여기저기 검사해 보더니 고개를 끄덕였다. 반 시간이 걸릴 거라고 했다. 그리고 나에게 바로 옆 그의 아내가 하는 식당에서 기다리는 게 어떠냐고 했다.

차디찬 맨 흙바닥에서 네다섯 살짜리 사내아이가 여기저기 기어다녔다. 아이의 다리는 한 뼘 이상이 채 되지 않는 몽당다리였다. 이 난쟁이 아이는 털의 뿌리까지 더러웠다. 이런 바닥에서 기어다니니 놀라운 일은 아니다. 아이가 나를 보고 웃었다. 아주 명랑한 아이인 것 같았다.

나는 빗속을 뚫고 옆집 문으로 달려갔다. 문 위 간판에 오로라가 그려져 있었다. 문을 여니 세상의 온갖 싸구려 장식품들이 사랑스럽게 배치된 야트막한 방이 있었는데, 따뜻하고 보송보송했다. 그리고 구운 고기 냄새가 났다. 나는 배가 고프다는 걸 알아차리고 쌀과 샐러드를 곁들인 커다란 스테이크를 먹었다.

작업장으로 돌아오자 지프 수리는 벌써 다 끝나 있었다. 히메네즈는 걸레로 손의 기름을 닦고 아이의 코를 닦아 주었다. 그의 행동에는 조심스러움과 애정이 담겨 있었다. 아이의 아버지인 모양이다. 그렇다면 왜 아이는 저기 따뜻한 곳에 있지 않는 걸까? 아마 어머니인 것이 분명한 안주인이 장애아가 손님들을 쫓아 버릴 것을 염려했기 때문일 것이다. 그래서 아이는 작업장에 있어야 하는 것이 틀림없다. 물론 이것은 추측일 뿐이다.

헬라 고모가 생각났다. 그녀는 그런 아이들을 보육원에 데려다 돌보는 것 같다. 타크나의 슬럼가에서 데려온, 집에서는 돌보지 않는 정신적·육체적 장애아들. 장애아들은 비참하긴 해도 가족과 가까이서 살아갈 수 있다면 그나마 운이 좋은 거다. 언젠가 텔레비전 뉴스를 본 적이 있다. 그런 슬럼가에서는 드물지 않게 장애자들을 굶겨 죽여 그런 짐을 제거한다고 했다. 사실 슬럼가 출신은 장애자가 아니어도 살아남기에 어려운 듯 보인다.

여기 이 아이는 사랑받고 있다. 그러나 숨겨져 있다. 나는 잠시 웅크리고 앉아 아이와 함께 논다. 내가 "영리한 아이네요."라고 말하자 히메네즈의 얼굴에 미소가 떠오른다. 그러나 어쩌면 그는 나의 이 말을 단지 대수롭지 않은 공손한 인사로, 작은 위안으로 생각했을 수도 있다.

나는 갑자기 몹시 피곤해졌다. 어쩌면 스테이크의 영향일 수도 있다. 게다가 벌써 날이 어둡다. 그래서 식당의 지붕 밑 방에서 자고 가기로 했다. 옆에서 아이가 우는 소리가 들렸다. 아이의 이름은 후안 파블로다. 벽들은 얼마나 소리를 잘 통과시키는지 모든 게 다 들렸다. 후안 파블로는 저녁 기도를 해야 하는데 하려고 들지 않는다. 그 끝이 어떻게 되었는지 더 듣지 못했다.

다음 날 아침 나는 후안 파블로가 노래하는 소리를 들었다. 그러자 그의 어머니가 나와서 조용히 하라고 일렀다. 불쌍한 아이. 저 아이가 하루 종일 노래를 부를 수 있다면!

아침 식사를 하고 난 다음 떠나기 전에 나는 초콜릿을 샀다. 아이는 벌써 작업장에 가 있다. 나는 그리로 건너가 아이에게 초콜릿을 주었다. 아이가 놀라서 나를 물끄러미 쳐다보며 그걸 어떻게 하라는 것인지 지시를 기다렸다. 나는 포장을 뜯고 한 조각 끊어 꼬마의 입 속에 넣어 주었다. 그러자 아이는 초콜릿을 먹으며 웃었다. 아버지는 이 광경을 전혀 보지 않은 척했다. 그는 거세게 와이퍼 나사를 조였다.

꼬마가 "아빠!" 하고 부르며 초콜릿 한 조각을 그에게 내밀었다.

나는 후안 파블로와 더 오래 놀아 주고 싶었다. 계속 달리는 동안에도 그 아이가 내 머리를 떠나지 않았다. 아이는 다른 아이들과 함께 어울린 적이 없는 것 같았다. 아이는 나중에 학교에 다니게 될까? 학교가 그 아이를 받아들일까? 그 아이는 정말 총명했고 그의 총명은 잘 키워져야 했다. 공장에 남아 있으면 바보가 될 거다.

헬라 고모라면 아이를 받아들일 거다. 헬라 고모의 장애자 보육원이 타크나에 있다는 건 후안 파블로에게는 불행이다. 하지만 어쩌면 여기에도 헬라 고모 같은 사람이 있지 않을까? 어쩌면 산티아고에도 그 다운 증후군 거지 소녀를 위한 보육원이 있지 않을까?

15

푸에르토몬트와 산티아고 구간의 절반을 지났다. 얼마나 쭉쭉 뻗어 있는 도로인지!

이제 비는 오지 않는다. 산티아고 시민들이여 남쪽을 보라. 행방불명되었다고 생각했던 사람이 안개 속에서 나타날 것이다!

나는 이제 마을 간판들에 주의를 기울이지 않는다. 기름을 넣고 달리다가 또 기름을 넣는다. 주유소에서는 먹고 마시고 대소변을 볼 수 있다. 씻고 편지를 쓸 수 있다. 밤에는 불빛이 있고 치약을 살 수 있으며 신문과 엔진 오일도 살 수 있다. 길을 물을 수도 있고 관심을 가지면 친구도 발견한다. 말하자면 필요한 모든 것이 마련되어 있다.

깨끗한 유리장 속에 초콜릿 쿠키와 케이크. 나는 그 옆을 지나가지만, 오히려 피자를 주문하고 싶다. 올리브가 많이 든 것으로. 나는 그것이 좋아지기 시작했다. 그 다음 다시 구름이 드리워진 풍경 속으로 나와 계속 달린다.

저녁 무렵 나는 수도 산티아고의 남쪽 변두리에 도착했다. 그곳은 반짝거리며 나를 맞았다. 수염 아저씨는 나를 다시 보자 눈에 띄게 기뻐했다. 꼭 껴안고 요란스런 환영 인사.

"그래서? 모든 게 다 잘 됐나? 내 말했지, 저 지프 괜찮다고!"

그는 내가 남쪽에 갔다가 아가미가 생겼는지 확인하려는 것처럼 나를 주의 깊게 쳐다보았다. 그러나 아주 예의바른 사람인지라 짤막하게 말하는 데 그친다.

"저 밑은 꽤나 축축하지? 안 그래?"

안헬모에서 조개 먹어 봤어? 안 먹어 봤다고? 마푸체 은목걸이 샀어? 라하 폭포 사진을 안 찍었다고? 세상에, 거기를 그냥 지나치다니!

그가 재미있어 하며 대체 넌 이제 어디로 갈 거냐고 물었다.

"북쪽으로? 그거 좋지. 할 수 있다면야 겨울엔 그곳에 머물러도 좋지. 낮엔 따뜻해. 하지만 밤에는……."

그는 마치 불에 데기라도 한 듯 손을 저었다.

"수염에 서리가 끼지!"

그는 나에게 양철통에 물을 가득 담아 가라고 강력하게 권했다. 북쪽에 가려면 무조건 물을 갖고 가야 한다고 했다. 많은 경우를 대비해서. 그곳은 대부분 물이 아주 귀하기 때문이란다. 사람 일을 어찌 알겠어…….

계약은 아직 끝나지 않았다. 그는 군말 없이 계약을 3주간 더 연장해 주었다. 만약 계약기간보다 더 지프를 쓰고 싶다면 전화로 알려 주어도 된단다. 돈 문제는 내가 돌아온 다음 처리할 수 있다면서.

나는 그에게 대단히 믿을 만한 인상을 주었음에 틀림없다. 그에게 뿐만이 아니다. 이 나라에 와서 나는 이제까지 아주 많은 친절과 믿음을 만났다. 내가 독일에서 익히 받았던 것보다 훨씬 더 많은.

그가 웃었다.

"내 생각에 너는 뜨거운 화덕 위에 놓인 물방울 같아. 그 물방울은 증기가 되어 증발할 때까지 치식거리지."

저녁을 먹고 가란다. 눈알이 튀어나올 정도로 많은 생선 요리 1인분이 나왔다. 거기에 감자를 곁들이고, 다음으로는 푸딩과 비숫한 것을 먹고, 마지막으로 에스프레소 한 잔을 마셨다. 커피는 나를 다시 소생시켰다. 수염 아저씨의 바지가 팽팽한 것은 놀라운 일이 아니다.

그는 무조건 내가 자기 집에서 묵고 가야 한다고 주장했다. 물론 공짜로. 그러나 나는 거절했다. 나는 계속 가고 싶다. 북쪽으로, 북쪽으로! 나는 그가 잘 가라는 인사를 외칠 시간도 거의 주지 않고 떠났다.

나는 판아메리카나를 타고 도시를 쏜살같이 통과한다. 곡예를 부리지는 않는다. 왜냐하면 이 도로는 정말로 아우토반이기 때문이다. 일종의 인공 도랑과 같은 도로로 교차로들 사이를 뚫고 달린다. 이 얽히고설킨 도로 어디엔가 나의 보라색 고양이 호텔이 있을 거다. 내 스위트룸을 추억해 보니 좋다.

광고들이 깜박깜박 빛났다 꺼졌다 한다. 전깃불들이 작열하고 건물의 앞면과 줄지어 선 가로등들이 어슴푸레 빛난다. 나는 빛들의 바다를 가로질러 도시를 떠난다. 도랑에서 다시 아우토반이 된 도로가 거의 일직선으로 언덕 위로 뻗어 간다. 그러나 여기도 불빛이 반짝이고 번쩍인다. 인구 밀도가 높은 지역이다. 가로등 불빛 속에 나무들이 보이는데, 추측컨대 큰 과수원이 있나 보다. 내가 잘못 생각하지 않았다면 이것은 잘 가꾸어진 정원의 풍경이다. 마치 빗으로 빗은 듯하다.

여기서 나를 붙드는 것은 아무것도 없다. 그렇다. 나는 뜨거운 화덕 위에서 김을 내며 치식거리는 물방울과 같다. 그러나 그 물방울은 점점 더 작아지다가, 갑자기 사라질 테니 조심해야 한다.

이제 아우토반은 다시 간선도로에 불과하다. 반대편 차들이 내 바로 옆에서 쉭쉭 지나간다. 그러나 통행량은 줄었다. 이미 자정이 지났다. 저 앞에서 별이 총총 반짝이고, 그 앞에 산들이 검게 두드러져 있다.

나는 더 이상 달릴 수 없을 때까지 달린다. 오래지 않아 동이 틀 것이다. 나는 왼쪽 도로변에서 주차할 자리를 발견했다. 아마도 비탈 위인 것 같았다. 건조하고 높은 풀들이 바람결에 바스락거렸다. 귓속에서 바스락 소리가 났다. 어쩌면 오래 달려서 그럴 지도 모른다. 지독하게 추웠다. 나는 차 속으로 기어들어갔다.

눈을 떠 보니 날이 환히 밝았다. 귓속은 여전히 조개 속에다 귀를 기울이고 있는 것 같다. 케욘에서 보낸 밤에도 이런 소리가 났었다.

나는 몸을 일으켜 밖을 내다보았다. 눈을 믿을 수 없다. 눈앞에 바다가 있는 거다. 나는 높은 곳에 있기에 저 멀리까지 내다볼 수 있다. 멀리 지평선에 커다랗고 하얀 배가 지나간다. 갈매기들이 맴돌며 울부짖고, 파도가 거품을 내며 일렁이고, 가마우지들이 떼를 지어 낭떠러지 위에 웅크리고 앉아 있다. 육지 쪽에는 선인장이 무성한 언덕이 죽 이어져 있다.

나는 깊이 숨을 들이쉰다. 상쾌한 기상이란 이런 걸 말한다!

'오요 데 아힐라', 즉 독수리의 눈이라는 이름의 아주 조그만 간이 음식점에서 나는 뜨거운 우유 반 리터를 목구멍 속에 쏟아 넣고 쿠웨이커 오트밀 몇 숟갈을 입 속에 가루째 털어 넣었다. 먹는 동안에 나는 헛간 앞에 정차해 있는 낡고 덜거덕거리는 고물 택시를 보았다. 운전기사 역시 늙고 흔들거리는 노인이었다. 노인은 차에서 내려 기름 탱크 뚜껑을 열더니 탱크 도관에서 내려뜨려져 있는 끈을 잡아당겼다. 그러자 트렁크 덮개 문이 열렸고, 노인은 트렁크에서 짐을 꺼냈다. 나는 놀란다. 탱크 뚜껑 밑에 탱크가 없다니, 대체 그건 어디에 있는 거지?

이제 나의 눈은 방에서 나타난 두 소년에게 쏠렸다. 한 소년은 여덟 살쯤 되었고 또 한 소년은 열 살이나 열한 살 정도였다. 둘 다 다리 하나가 없었고, 목발을 짚고 있다. 나의 놀란 눈길을 보더니 여주인이 어깨를 으쓱하며 말했다.

"판아메리카나 덕택이라오."

그녀가 나이 많은 소년을 가리켰다.

"저 아이가 내 아들이고, 저 다른 아이는 맞은편 집 아이라오.
아직 아이들인데 차들이 악마처럼 질주하는 바람에 저렇게 되었
다오."

이사를 가는 게 어떠냐고? 하지만 판아메리카나에서 벌어먹
고 사는걸!

대담할 정도의 다리들을 건너고 아슬아슬할 정도로 꾸불꾸불
한 산길을 지나며 도로는 선인장 땅을 통과하여 산으로 올라간다.
이따금 멀리서 바다가 가볍게 구부러진 지평선과 함께 모습을 나
타낸다. 나는 코큄보에 이르렀다가 이른바 예술가들을 자극하는
명랑한 도시라는 라세레나를 지난다. 도로 가장자리의 레스토랑
'검은 고양이'가 엠파나다스를 제공한단다.

나는 잠시 자신에게 휴식을 허락하고 엠파나다스를 먹는 동
시에 마르타를 떠올린다. 그녀의 엠파나다스가 더 좋았다. 심장이
빛나는 예수의 성화와 나란히 풍만하고 벌거벗은 여자가 그려져
있는 포스터가 걸려 있다. 예수 그림 밑 작은 탁자 위에 내용물이

가득 찬 코카콜라 병이 몇 개 놓여 있다.

　이 작은 도시의 집과 오두막들은 벽이 널빤지가 아니라 흙으로, 그러니까 많은 비를 견디지 못하는 어도비 벽돌로 되어 있다. 말하자면 여기서는 겨울비가 잠깐밖에 내리지 않는 것 같다.

　집들 주위는 풍부한 초록색이다. 그러나 북쪽으로 갈수록 넓게 트여 있는 풍경에서 점점 더 초록색이 줄어든다. 이제 선인장들은 라세레나 근처에서처럼 위풍당당하게 솟아 있는 것이 아니라 시들고 지쳐 있다. 무엇보다도 도로 근처에서 자라는 선인장들은 완전히 먼지로 덮여 있다.

　여기저기 키 작은 풀들, 오랫동안의 건조기를 참을 수 있는 식물들이 자라고 있다. 염소 떼가 선인장들 사이에서 풀을 뜯고 있다. 여자와 아이들이 길 가장자리에서 도살한 염소 새끼를 내놓고 판다. 털가죽은 벗기고 내장은 긁어냈는데, 갈비뼈들이 붉은 살코기 속에서 하얗게 빛났다.

　도로는 다시 한 번 드넓은 만을 가로지른 뒤 육지의 안쪽으로 들어간다. 이제 날 수 있다. 롤러코스터처럼 추락하지 않고 모래사장 위를 한 바퀴 빙 돌고 급강하했다가 뱅글뱅글 하늘로 치솟아서는 뒤집어질 수 있다!

저 아래 해안이 사라지자마자 풍경은 갈색이 도는 회색으로 변한다. 도로 가장자리에 정확히 무슨 광고인지는 모르지만 보험 광고로 추측되는 거대한 간판이 외로이 서서 친절한 마음이 가까이 있음을 알려 준다.

하지만 30킬로미터를 더 달려도 그 친절한 마음의 정체는 밝혀지지 않는다. 죽은 말이 길 웅덩이에 놓여 있었을까, 한 떼의 독수리들이 내가 지나가자 푸드득 날아오른다.

멀리 도로 가장자리에 하얗게 빛나는 무더기가 보인다. 멀리서 보니까 눈처럼 보인다. 가까이 가서야 비로소 깨진 변기 조각들의 무더기임을 알아차린다. 그 옆에 찢어진 자동차 타이어가 놓여 있다.

몇 킬로미터 더 가니 교차로가 나오고 무슨 하얀 것이 빛난다. 누군가 돌무더기 위에 변기 반쪽을 동굴처럼 세워 놓고 작은 성모 마리아 상을 갖다 놓았다. 그 앞에 놓인 몇몇 플라스틱 화환이 화려하게 빛났다. 진짜 꽃도 놓여 있다. 그러나 그 꽃들은 시들고 말라 버렸다.

어느 작은 마을의 가장자리에 이르자 나는 널빤지로 지은 가판점에서 마테 차[남미의 전통차 — 옮긴이]를 들이켰다. 여기서는 정말로 바깥에 앉아 먹거나 마실 수 있다.

아이들이 돼지 떼를 몰며 지나갔다. 검은 털의 짐승들은 몹시 뻔뻔스러워, 아이들은 욕을 하고 발로 차야 한다. 자동차들이 경적을 울리자, 돼지 한 마리가 내 탁자 밑으로 뛰어들었다. 먹을 것 냄새를 맡은 것이 분명했다. 나는 탁자에서 물러났다. 가판점 여자가 빗자루를 들고 달려와 쑤셔 대지만 그 암돼지는 아랑곳하지 않았다. 앞으로는 먹고 뒤로는 쌌다. 마침내 암돼지가 떼거리들을 뒤뚱뒤뚱 따라갔다. 다시 고요함이 찾아온다.

내륙에 넓게 자리 잡은 산들을 올라갔다 내려간다. 벌써 날이 어두워진다. 어떤 오토바이 운전자가 나를 따라잡고는 내게 후미등으로 신호를 보낸다. 짧게, 짧게, 길게. 나는 그 의미를 해석할 수 없다. 혹시 그 깜빡임은 단지 불량 접촉과 울퉁불퉁한 아스팔트와 관계가 있었던 것뿐일까? 오늘은 밤늦게까지 달리고 싶지 않다. 게다가 나는 다시 샤워를 하고 싶다. 바예나르 시내에서 방을 발견한다. 그것은 사방을 판자로 막은 단출한 방에 지나지 않았으나 그 옆에 있는 욕실은 완전히 나만을 위한 것이다. 나는 또 유일한 손님이기 때문이다.

세면대 위 선반에 더러운 유리잔이 있고, 그 옆에 머리카락이

끼여 있는 빗이 놓여 있다. 작은 돈키호테 상은 나에게 등을 돌리고 있다. 화장실 창문을 여는데 창문이 꼼짝도 안 한다.

거울을 들여다보며 뺨과 턱을 관찰해 본다. 나는 놀란다. 지난번 살펴본 뒤 수염이 기쁠 정도로 무성해진 것이다. 엘아마리요에서 성장의 촉진을 체험해서일까? 아니면 남쪽에서 줄기차게 내리던 비의 효과일까?

나는 수염을 좀 잘라야 했다. 손톱가위로. 거울을 보며 손톱가위로 수염을 자르는 건 시간도 들고 욕지기도 나오는 일이다. 그렇기는 해도 약간의 상상력과 호의가 있는 사람이면 지금 내 얼굴에 난 것을 수염이라 부를 수 있을 거다.

사람들은 내 나이를 실제보다 많게 볼 거다!

레스토랑에서 나는 뭐가 뭔지 모르는 음식을 주문한다. 음식을 기다리고 있는데 부엌에서 비명 소리가 들린다. 의심할 여지 없이 여자의 비명 소리이다. 나중에 내 접시 위에 구운 살코기 조각들이 놓여 있다. 혹시 그 여자의 살? 혹시 자기 엉덩이 살을 베어 요리를?

16

그렇다. 지금 난 속도광이다. 그러나 북쪽으로 갈수록 내가 가로지르는 풍경이 엘아마리요의 부엌에 붙어 있던 포스터의 풍경과 점점 더 비슷해지는 것을 알아차리고부터 더 이상 억제할 수 없었다. 그 풍경은 나를 유혹하며 나를 잡아당겼다. 이제 그 일직선의 도로가 뻗어 있는 벌거벗고 말라 죽은 평원은 멀지 않을 것이다.

내리쏘는 햇살 속에서 검은 암석 파편들과 모습을 드러낸 암벽 옆을 지난다. 마치 달나라 풍경 같군! 그러나 돌 위에서는 덩이덩이 뭉쳐진 둥근 공 같은 말똥 크기의 선인장들이 자라고 있다. 이곳은 거의 비가 오지 않은 것 같다. 공기는 메마르고 내 입술은 깔깔해진다. 이곳에서 사는 생물들은 오로지 이슬이나 안개의 물방울만 먹고 사는 것 같다.

차냐랄에 이르기 바로 전에 바다가 보이면서 도로 가장자리에 거대한 종이 무더기가 놓여 있다. '미니스테리오 데 비비엔다 이 우르바니자시온'이라는 발신인 주소가 찍힌 수천 장의 종이인데, 이것들이 허공에 원을 그리며 날고 시든 가시덤불 울타리에 걸리고 길을 뒤덮음으로써 사막처럼 황폐한 풍경을 활기 있게 했다.

다시 산으로 들어가 언덕을 올라갔다 내려간다. 인간의 거주지가 가까운 곳에서만 나무와 덤불이 유지될 수 있다. 넓은 풍경 속에서 자세히 쳐다보면 눈에 잘 띄지 않는 식물들이 간혹 발견된다. 저수지 속의 이 조그만 예술가들은 흙의 빛깔에도 잘 어울렸다. 이곳의 풍경을 살아 있게 하는 유일한 것은 그림자이다. 돌의 그림자, 산의 그림자, 흘러가는 구름의 그림자.

태양이 내 머리 바로 위에 떠 있었다. 지프 속은 덥다. 오늘 아침에는 그 보라색 재킷을 한 번도 입지 않았다. 심지어 지금은 풀오버도 벗은 채 티셔츠 바람으로 달리고 있다. 2, 3일 전만 해도 이 빈약한 차림새로는 덜덜 떨었는데!

목이 말라 반 죽어 가는 개 한 마리가 도로 위에서 나를 향해 비틀비틀 다가온다. 나는 차를 멈추고 배낭에서 작은 주발을 찾아

146

수염 아저씨의 물통에서 물을 따라 개 앞에 놓아 준다. 어머니가 이것을 알면 기절할 것이다. 나중에 음식을 먹을 수도 있는 주발을 개가 핥아 먹게 하다니!

어머니, 이 개는 궁지에 놓여 있어요. 이런 환경 속에서는 살아 있는 모든 것이 환경에 대항해서 뭉쳐야 해요! 위생 문제는 빨라야 두 번째 아니면 세 번째예요. 이해하시겠죠? 게다가 다음 주유소에서 그릇을 씻으면 되잖아요.

처음 개는 그릇을 믿지 않는다. 겁을 내는 것을 보니 어쩌면 안 좋은 경험이 있었을 수도 있다. 아름답고 커다란 개. 목줄까지 매고 있는 것을 보니 누군가 개로부터 벗어나려고 버린 것 같다.

나는 개를 살살 꼬였다. 이제 개는 자신을 억제할 수 없다. 정적 속에서 개가 핥는 소리가 실제보다 훨씬 크게 들린다. 물을 두 번 더 채워 주고 나서야 개는 꼬리를 흔들며 달려갔다. 목적이 있는 것같이 보이지는 않았다. 개는 어떤 작은 점을 향해 으르렁거리며 언덕 능선 뒤로 사라진다.

계속 가자. 더 빨리! 해안 산맥과 도메이코 산맥 사이의 넓은 고지 골짜기를 지난다. 도로 가장자리에 플라스틱 꽃다발과 양초에 둘러싸여 있는, 인형의 집만한 미니 교회들을 보니 죽음으로 끝

147

난 교통사고들이 있었던 것 같다. 나는 차에서 내려 이름들을 읽었다. 어디선가 나는 이렇게 죽은 운전자들이 기적을 행한다는 이야기를 들은 적이 있다. 그래서 양초들이 있고 어여쁜 교회들의 벽에 사진과 봉납 액자들이 붙어 있는 거다. 여기 이 모든 것들의 다채로움은 이 단조로운 풍경 속에서 한 점 위안을 준다.

계속 간다. 또 조니워커가 긴 그림자를 던지며 나타났다. 밤이 가까워 오면서 그림자들이 점점 더 길어진다. 어떤 그림자의 형태가 나를 멈추게 했다. 도로 옆에 누군가 둥근 돌들로 초차원적으로 거대한 갈고리 십자가를 만들어 놓았다. 내버려 두어서는 안 된다. 나는 뻣뻣한 다리로 차에서 내려 돌들을 사방으로 차 버린다.

왼쪽과 오른쪽에 2천 미터와 3천 미터 산이 있다. 오른쪽 산맥은 붉게 물들고 왼쪽 산맥은 저녁 하늘을 배경으로 검은 실루엣을 그린다. 도로 위에는 나 혼자밖에 없는 것 같다. 마주 오는 것도 없고 내 뒤를 따라오는 것도 없다.

그리고 나를 깨어 있게 하는 것도 없다.

해안 도시 안토파가스타로 갈라지는 분기점까지는 멀지 않다. 나는 도로에서 조금 비켜나 몇 개의 돌 위를 덜커덩덜커덩 달려 멈추어 섰다. 날이 빨리 어두워지고 서늘해진다. 나는 풀오버를 입고 잠시 뒤에는 재킷도 입었다. 저기 멀리 동쪽에서 마지막 산봉우리가 빛을 잃어 간다.

끔찍하게 추웠다. 재킷으로도 충분치 않았다. 나는 침낭 속으로 기어들어갔다. 여전히 편지를 쓰지 않았다는 것이 생각났다. 먼동이 트자마자 나는 잠에서 깼다. 검은 배경인 동쪽 산맥 너머로 하늘이 밝아지고 있었다.

지프에 이슬이 가득 맺혀 있었다. 만약 지금 물이 없고 목말라 죽을 지경이라면 지프의 물기를 핥아도 될 것 같다. 전부 합하면 4분의 1리터는 나올 거다. 나는 그 장면을 상상하며 웃지 않을 수 없었다.

사랑하는 수염 아저씨, 물통을 가져가라는 것은 좋은 생각이었어요. 나는 얼굴에 물을 붓고 이를 닦고 소변을 본 다음 출발했고, 일출을 즐기며 달렸다. 다시 기다란 그림자가 생기는데 이번에는 반대편에서 생겼다. 지프의 그림자가 언덕 기슭 너머까지 길게 늘어났다.

안토파가스타로 가는 첫 번째 분기점에 있는 주유소에서 나는 아침을 곱빼기로 밀어넣었다. 물론 차 속에는 아직 비상식량이 있지만, 그다지 끌리지 않았다. 지금 나는 따뜻하고 신선한 것이 그립다. 커피와 달걀 프라이. 나는 음악이 필요하다. 무슨 음악이든 상관없다. 어제 사람이 거의 없는 지역을 오랫동안 달렸기 때문이다. 나의 영혼들은 여기 '후안타나메라' 주유소에서 편안히 쉬고 나의 순환계는 카페인에 격렬하게 반응한다. 아, 좋다!

나는 그다지 안토파가스타로 내려가고 싶지 않다. 나는 드넓은 평원까지 높은 골짜기가 펼쳐져 있는 이곳에 머물리라. 평원은 단지 저 멀리서 산들로 테가 둘리었을 뿐 무한하다. 나는 이제 표지판에 주의를 기울이지 않는다. 지명을 찾아보지도 않는다. 벨빙거 여행 안내서는 좌석에서 바닥으로 떨어져 있다. 조금만 가면, 조금만! 아침 해가 사막의 풍경을 무수한 노랑과 갈색 빨강 속에 잠기게 한다. 그림자는 파랗게 보이며 이따금은 보라색처럼 보이기까지 한다.

도로 위에 또 죽은 짐승이 있다. 이번에는 개다. 독수리들이 느릿느릿 몸을 일으켜 간신히 길을 터 준다. 나는 백미러로 독수리들이 다시 죽은 개의 시체 옆에 내려앉는 것을 본다. 무정한 녀석들.

이 지역에서는 옛날에 칠레 초석 광산들이 운영되었다고 한다. 수염 아저씨한테 들었다.

도로에서 조금 떨어진 곳에 폐허가 있다. 폐허 앞에 뭔가 있는데 그게 뭔지 잘 파악되지 않는다. 마치 죽은 혹들로 가득 찬 밭처럼 보이는데, 혹들이 던지는 긴 그림자를 사이로 알록달록한 점들이 눈에 띈다.

길 하나가 그쪽으로 나 있다. 나는 그리로 접어든다. 땅은 뼈처럼 단단하고 엘아마리요의 부엌에 걸려 있던 포스터의 땅처럼 쩍쩍 갈라져 있다. 얇은 먼지 층이 그 위에 덮여 있어, 지프가 지나가자 먼지들이 소용돌이친다.

묘지였다. 나는 지프를 들판 가장자리에 세워 놓고 얼떨떨한 마음으로 차에서 내렸다.

아직 무덤과 무덤의 모습을 알아볼 수 있었다. 심지어는 아이들 무덤이 길게 늘어서 있기도 했다. 그리고 무덤마다 십자가가 솟아 있는데, 아직 죽은 자의 이름을 알아볼 수 있는 십자가도 많았다. 아주 소박한 십자가들이 있는가 하면, 정교한 소용돌이무늬 장식이 있는 십자가들도 있다. 어떤 십자가에는 심지어 사진까지 끼워져 있고, 어떤 것에는 나무에 야자수 가지나 부러진 장미를 불로 그을려 그린 그림이 끼워져 있다.

나무 십자가도 있고 철 십자가도 있다. 유복한 가정에서만이 철 십자가를 할 수 있었을 것이다. 비록 사방팔방 어디에서도 숲은 보이지 않고 나무 한 그루 존재하지 않기는 하지만.

많은 무덤들 위에 지금은 이미 색이 바랬으나 한때는 울긋불긋 다채로웠을 밀랍 또는 양철 꽃다발이 놓여 있고, 어떤 십자가들에는 양철 화환이 걸려 있었다. 이곳에 죽은 자들이 묻힐 때만 해도 플라스틱이 없었다. 어떤 무덤들은 높은 울타리로 에워싸여 있었으며 어떤 무덤들은 가족들이 돌을 갖다가 표시를 해 놓았다. 그것은 아무 값도 들지 않는 장식이다.

무덤들 주위에는 잡초 하나 자라지 않았고, 나무가 썩지도 않았다. 여기서는 모든 것이 죽어 있고, 돌이 되어 있으며 태양에 의해 바짝 말라 있다. 내 생각에는 이렇게 메마르고 건조한 상황에서는 벌레들도 살 수 없을 것 같다.

도굴꾼들이 왔다간 것이 틀림없었다. 몇몇 무덤은 파헤쳐져 있고 뼈다귀들이 하얗게 바랜 채 여기저기 널려 있다. 심지어는 해골도 몇 개 널려 있다. 그렇기는 하지만 입맛 떨어지게 하는 것은 하나도 없다. 더러운 것도 없고 끈적끈적하거나 미끌미끌한 것도 없다. 죽음이 이토록 가까이 있음에도 불구하고 이 묘지는 마치 우리 인간들은 전혀 관계 없는 다른 행성의 주민들이 남긴 흔적이나 되는 듯 너무도 낯선 모습을 보여 준다.

　나는 주위를 둘러본다. 넓은 평원이 사방팔방으로 거의 무한하게 벋어 나간다. 폐허에는 아무것도 움직이지 않고, 저 멀리 도로 위에서 버스 한 대가 사라진다.

　이렇게 혼자라는 느낌은 오랫동안 느껴보지 못했더랬다.

17

나는 계속 달린다. 도로가 둘로 나뉘자 크게 생각하지 않고 왼쪽 길을 택한다. 이 길은 어떤 마을로 나아가는 것 같다. 그 마을이 멀리 놓여 있는 것이 보인다. 이런 외딴 황무지에 마을이라니? 나는 가까이 가면 갈수록 더욱더 놀란다. 나무도 없고, 덤불도 없고, 정원도 없고, 초록색이라고는 한 점도 없다. 노는 아이들도 없고, 닭도 없고, 짖는 개들도 없고, 자동차도 없다. 내가 차에서 내렸을 때는 죽음과도 같은 정적뿐이었다. 단지 어떤 양철에서 덜그럭거리는 소리가 났다.

죽은 마을이었다. 언젠가 여기서 살았던 사람은 이곳을 떠났거나 죽었을 것이다. 벽들은 빛이 바랬고, 지붕들은 비스듬히 기울어져 있거나 완전히 사라지고 없다. 나는 간판으로 미루어 예전에는 식료품 가게였으리라고 여겨지는 어떤 집으로 들어섰다. 비어 있다. 아직 쓸만한 것은 합법적이든 불법적이든 이미 다 가져갔다.

계속 달린다. 자동차 한 대가 마주 달려온다. 운전대를 잡은 남자가 내게 윙크를 했다. 나도 생기 있게 윙크로 답한다. 그는 나와 마찬가지로 살아 있는 사람이다. 이 지역은 마치 죽음이 휩쓸고 있는 같다. 따라서 아직 살아 있는 존재는 다른 살아 있는 존재와 함께 그것에 맞서 버텨야 한다.

이 도로는 아직 생명이란 것이 남아 있는 곳으로 나아가는 것이 틀림없다. 비록 좁더라도 아스팔트가 잘 깔려 있기 때문이다. 이따금 자동차를 만나기도 하고 심지어 어떤 자동차는 나를 추월하기도 했다.

더워진다. 재킷과 풀오버를 벗고 유리창을 내린다. 여름에 이곳은 참을 수 없을 정도일 거다. 차에서 내리면 틀림없이 아스팔트에 쩍 달라붙을 거다!

나는 저 멀리 앞쪽에, 전깃줄이 나무 전봇대 위로 길게 뻗어 있는 도로 가장자리에 검은 점을 발견한다. 왼쪽 편이었다. 가까이 다가가 보니 그것은 내 키보다 크지 않은 어린나무였다. 어떻게 나무 한 그루가 이곳으로 오게 되었을까? 내 눈으로 똑똑히 보고 있거니와, 그 나무는 말라서 시들어 있지 않다. 어떻게 이 건조한 지역에서 나무가 잘 자랄 수 있지?

그 나무는 풍부한 생명력을 지닌 침엽수였다. 더 가까이 가고서야 나는 그 앞에 서 있는 푯말을 읽을 수 있었다. 그 위에는 '다메 아구아'라고 쓰여 있었다. 나는 말뜻을 풀어 보았다. '아구아'는 스페인어로 물이다. '다메'는 독일어로 귀부인이라는 뜻이다. 그러나 '물 귀부인'이라는 말은 아무 뜻이 없다. 게다가 나는 스페인어로 '귀부인'이란 단어를 독일어를 빌려 와 '다메'라고 쓰는 경우는 아직 만나 본 적이 없다.

아, 알았다. 스페인어로 '메'라는 말은 '나에게'라는 말이고, '다'는 '다르'의 명령형일 것이다. '다르'는 '주다'라는 뜻이니 '다메 아구아'는 '나에게 물을 주시오.'라는 뜻이 되겠다. 나는 차에서 내려 도로를 가로질러 갔다. 나무 밑에 유리잔과 물통이 있고, 어린나무를 중심으로 흙 위에 넓고 촉촉한 원이 그려져 있다. 내가 이해한 바에 따르면, 물을 가지고 오지 않은 사람은 적어도 유리잔이나 물통에다 조금이라도 물을 부어 주어야 한다. 그렇다면 거의 날마다 이곳을 지나는 트럭 운전수들이 나무에 물을 줄 수 있다는 이야기인데?

재미있는 일이었다. 그것을 확인하기 위해선 오랫동안 지프에 앉아 기다릴 필요가 없었다. 어떤 트럭이 부르릉 달려와 멈추더니 운전기사가 물이 가득 찬 것으로 보이는 통을 들고 내렸다. 그는 그 물통을 나뭇가지 밑에 세워 놓고 거기 세워져 있는 다른 물통에 남은 물을 나무 밑에 부어서 비우고 빈 물통을 가져갔다. 그가 나에게 인사를 건넸다. 나도 인사를 건넸다. 특별히 광적인 원예가로 보인다거나 자애로운 사람처럼 보이지 않는 사람이었다. 눈물자루가 있고 가죽 같은 얼굴을 지닌, 옷장처럼 크고 묵직한 남자였다. 나는 그에게 건너갔다.

"믿을 수 없는 일이네요!"

나는 나무를 가리키며 말했다.

"그렇지요. 우리 모두 저 나무를 돌보지요. 근처에 사는 사람들이라든가 이곳을 지나는 사람들 모두 돌봅니다. 좋은 느낌을 주지 않습니까? 마치 사막한테 혀를 내밀어 '메롱' 하는 것 같잖아요."

그가 침을 뱉고 말을 이었다.

"저 나무 하나만 있는 게 아닙니다. 판아메리카나에는 적어도 두 그루가 더 있습니다. 저 멀리 북쪽으로. 산페드로데아타카마로

가는 도로변에 있지요."

그는 갈 길을 서둘렀다. 벌써 차가 떠났다.

나 역시 내 물통으로 한바탕 물을 나무에 쏟아 부었다. 착한 수염 아저씨. 그 역시 이 나무를 생각하고 나에게 물을 가져가라고 권했던 것만 같다!

온전히 지나가는 사람들의 호의에 목숨을 의존하고 있는 그 나무는 나를 감동시켰다. 나는 나무와 헤어질 수 없을 정도로 거센 감동을 느꼈다.

나무 옆 바로 몇 미터쯤에 갈라진 길이 있었다. 그 길은 일직선으로 똑바르게 사막으로 나아갔다. 아스팔트 도로는 없고 그냥 길이다. 옛날에는 어쩌면 통행량이 많았을 수도 있다. 지금도 무거운 차량이 지나간 오래된 바큇자국이 보인다. 두 개의 넓은 선이 나란히 평원 쪽으로 달려가다가 지평선에서 만났다.

갑자기 모든 예정이 달라졌다. 이 길이 바로 그 길이다! 그 포스터의 길처럼 아스팔트가 되어 있는 길은 아니라고 해도 그렇다. 여기 이 길은 내가 찾던 것 이상의 길이다!

나는 어느새 지프 속으로 들어가 도로에서 방향을 꺾어 지평선을 향해 덜커덩거리며 달려갔다. 백미러에 내 뒤로 먼지구름이 소용돌이치는 게 보였다. 먼지구름 때문에 나무의 모습이 보이지 않았다.

끝없는 갈색의 평원. 머리 위에는 파란 하늘. 동쪽의 지평선 저 멀리엔 몇 개의 눈 덮인 산꼭대기. 어쩌면 그곳이 볼리비아일지도 모른다. 10킬로미터를 달리고, 20킬로미터를 달렸다. 나는 이 덜커덕거리는 활주로 위를 지프가 낼 수 있는 최대한의 속도로 달렸다. 멀리 검은 가로선이 보였다. 거기서부터 나의 길은 조금 다른 방향으로 달려갔다. 그러나 지평선까지는 역시 일직선이다.

지금 나는 33킬로미터 지점에 왔다. 가로선이 점점 더 넓어진다. 35킬로미터 지점에서 아까 보았던 가로선에 이른다. 그것은 골짜기 모양으로 옴폭 들어간 곳인데 어쩌면 수백만 년 된 강바닥일는지도 몰랐다. 나는 평평한 비탈로 내려가 초록의 흔적을 찾아보지만 헛되었다. 그러나 말라 죽은 작은 잡초를 발견한다. 혹시 여기서도 이따금 비가 내리는 걸까? 2년에 한 번 정도일망정? 씨앗들은 수백 년의 세월이 지나도 싹을 틔울 능력을 갖고 있다.

강의 가장 세찬 물줄기가 어디로 흘렀는지 아직도 분명하게 보인다. 평평한 바닥이 뱀처럼 구불거리는 모양으로 패여 있다. 그러나 나는 벌써 다시 위로 올라갔고, 이제 검은 가로선은 백미러에서 보일 것이다. 만약 먼지구름이 없다면 말이다.

계속 똑바로 달린다. 나는 벌써 도로로부터 40킬로미터를 멀어졌다. 대체 이 길은 어디로 나아가는가.

다시 지평선에 검은 점 하나가 보인다. 가까이 다가갈수록 그것은 하나가 아니라 여러 개의 검은 점들로 분리된다. 마을일까? 그렇다면 버림받은 마을일 것이다. 왜냐하면 이 길은 계속 사용하는 흔적을 보여 주지 않기 때문이다.

50킬로미터 지점. 조금 더 가자 내 앞에 있는 것이 무엇인지 알아볼 수 있었다. 폐광이었다. 수갱탑의 비스듬한 골조와 쓰러진 운반차 몇 대, 폐허가 된 아도비 벽돌 또는 목조 건물 서너 채. 녹슨 골함석, 물탱크.

내가 광산에 도착했을 때 주행 기록계는 59킬로미터를 가리키고 있었다. 59킬로미터를 달렸는데, 단 한 번만 커브를 꺾다니!

나는 사각형 건물 앞에 차를 멈추고 몇 개의 말라비틀어진 덤불과 개집의 잔해를 살펴보았다. 그러고는 호기심에 차에서 내려 어슬렁거리며 돌아다녔다. 건물들은 규모가 컸고, 방들이 있었다. 그러나 가구들은 모두 사라졌고 문들도 사라졌다. 심지어는 창틀도 없다. 쓸 만한 모든 것이 사라진 것이다. 여기 이곳은 부엌이었을 것이다. 그리고 그 옆으로 식당, 샤워장, 화장실이 있다. 어떤 방의 귀퉁이에 동물의 해골이 놓여 있었다. 개의 해골 같았다. 어쩌면 이 개는 대이동이 있은 뒤 다시 이곳으로 돌아왔을까? 주인을 찾으러 장장 59킬로미터를?

이곳에서 쉬고 싶다. 바로 이 고독이었다. 내가 원했던 것은. 주변에 6, 70킬로미터 안으로는 사람 하나 없는 곳. 하루 종일 여기 머물 수도 있다. 아니면 1주일, 1개월, 1년? 영원히?

나는 지프로 돌아가 조수석과 뒷좌석에 뒤죽박죽 놓여 있는 것들을 뒤져 본다. 하루, 어쩌면 이틀까지는 식량이 충분하다. 돌처럼 딱딱한 빵 세 개, 딱딱한 치즈 한 조각, 커다란 땅콩 한 봉지, 1리터짜리 우유, 1리터짜리 오렌지 주스. 우유와 오렌지 주스는 둘 다 케욘의 할머니가 준 거다. 그리고 마르타가 준 햄과 연어 통조림 하나, 사과 한 봉지. 또한 물통에는 물이 남아 있다.

만일의 경우에는 심지어 사흘까지도 충분할 것이다.

나는 지프 문을 닫고, 자동차를 서 있던 곳에 그대로 둔다. 지프에서 조금 떨어진 어떤 건물의 입구에 그늘이 있다. 나한테는 좋은 장소다. 나는 재킷을 깔고 벽에 몸을 기댔다. 그리고 그 자리에서 먼 곳을 바라본다. 건물은 내 뒤에 있다. 나의 시선은 '다메 아구아' 나무로 달려가는 길을 좇는다. 물론 그 나무는 여기서 보이지 않는다. 나의 시선은 지평선까지밖에 닿지 않는다. 나무는 멀리 그 뒤에 있다. 평원 위로 빛이 반짝인다.

나는 골똘히 생각에 잠긴다. 집을 생각하고 아버지와 어머니를 생각한다. 이제 그들은 최악의 상태를 지났을 것이며 내가 자신들을 떠났다는 사실에 조금 익숙해졌을 것이다. 어쩌면 그들은 내가 집으로 돌아온 다음 그들과 나 사이가 어떻게 되어야 할 것인지를 생각하고 있을지도 모른다. 나는 그들이 여러 가지로 다른 행동을 할 것을 결심했으리라고 상상할 수 있다. 아주 다른 행동을.

나는 시계를 보았다. 오후 2시. 하루 가운데 가장 뜨거운 시간이다.

여전히 나는 편지를 쓰지 않았다. 아직 편지지도 편지 봉투도 사지 않았다. 그림엽서 일곱 장과 거기 부칠 우표들이 아직 재킷의 앞주머니에 있다. 팀은 무척 기다릴 것이다. 날마다 비서실에 들를 거다. 오늘은 나한테 우편물이 왔나요? 안 왔어요? 그리고 그는 몸을 긁을 것이다. 그의 모습이 눈앞에 보인다.

뤼디거 외삼촌은 어쩌면 아무것도 모를 수도 있다. 내 부모님은 내가 떠났다는 것을 그에게 알리지 않았을 것이다. 어쩌면 그는

162

내 전화를 기다리고 있을지도 모른다. 어머니와 아버지가 집에 계시지 않을 때마다 나는 그와 통화를 했다. 어쩌면 부모님은 그에게 알렸을 수도 있다. 왜냐하면 그들은 당연히 내가 그들보다는 뤼디거 외삼촌에게 소식을 알렸으리라고 추측할 것이기 때문이다. 그 역시 소식을 얻게 될 것이다. 그는 나의 친구다. 나는 그를 믿는다.

나는 헬라 고모를 거의 알지 못하지만 그녀에게도 편지를 쓸 거다. 공간적인 거리로만 보면 그녀는 나와 가장 가까이 있다. 나는 여기서 그녀를 찾아 타크나까지 가는 것이 산티아고로 돌아가는 것보다 더 가까우리라고 믿는다. 지금이야말로 내 스스로 그녀가 어떤 사람인지 알아낼 가장 좋은 때이다. 사람들은 그녀가 조금 미쳤을지도 모른다고 했다. 그녀가 다른 사람들의 아이들을 위해 보수도 받지 않고, 즉 하나님의 보답을 위해 악착같이 일하는 것은 일종의 마조히즘에 가깝다는 거다. 그런 일을 해서는 자신의 노년을 위해 필요한 돈은 한 푼도 남길 수 없을 테니까!

이따금 그녀는 나에게 편지를 썼지만 답장을 재촉하거나 요구하지 않았다. 그녀는 고모라고 불리고 싶어 하지도 않았다. 그럼에도 불구하고 내 부모님은 나에게 그녀의 이야기를 할 때면 완고하게도 '헬라 고모'라고 했다.

그렇다. 나는 그녀를 방문할 거다. 어쩌면 한동안 그녀 곁에 머물면서 그녀를 도와 아이들, 즉 장애아들과 함께 있을 거다. 그런 보육원에 있으면 아이는 살해당하지 않는다. 근사하지 않는가. 그 보육원은 이름을 가지고 있을까? '다메 아구아' 라는 이름은 어떨까?

뢰슬러 선생님에게도 편지를 쓸 거다. 선생님은 우리가 수없이 실망시키고 속이더라도 우리를 믿는다. 그녀는 우리를 포기하지 않는다. 게다가 그녀는 나에게 아주 특별히 큰 희망을 걸고 있는 것처럼 보인다.

마르타도 카드를 받을 거다. 케욘의 할머니, 그 좋은 분도. 나의 카드는 아마 그들이 죽을 때까지 부엌 찬장에 붙어 있을 거다.

하지만 우선 나는 그냥 앉아서 넓은 평원을 즐기련다. 저 사막과 저 하늘, 저 일직선의 길을.

파리 한 마리도 윙윙거리지 않는다. 오직 나의 시계만이 똑딱거린다. 너무 작은 소리라 들리지 않을 정도다. 그래서 시간당 60분이라는 광적인 속도로 삶의 종말에 다가가고 있다는 사실을 느끼지 않게 된다. 그러나 그 종말은 저 멀리 지평선 뒤에, 시간의 사막 뒤에 놓여 있다.

18

나는 눈을 떴다. 서늘한 느낌이 들었기 때문이다. 태양이 빨간 공이 되어 서쪽 산맥의 실루엣 너머 옅은 안개 속에 떠 있었다. 나는 자리에서 일어나 재킷을 입었다. 내 사지는 완전히 뻣뻣해졌다. 나는 팔을 활짝 벌리고 쭉 기지개를 켰다. 너무, 너무, 기분이 좋다!

이곳에 머물러도 좋겠다. 물론 나는 그럴 수 없다는 걸 안다. 그건 실현될 수 없는 꿈이다. 그러나 꿈은 꾸어도 된다.

나는 광산 주위를 한번 돌아본다. 오늘 태양이 지는 모습은 전혀 장관이 아니다. 황금빛과 자줏빛의 배경 없이, 그냥 빨간 원판이 지평선 뒤로 내려앉는다.

이렇게 겉껍질에 여기저기 딱지가 앉은 땅에서는 지내기가 좋지 않다. 돌이라든가 내던져 있는 진흙 판에 걸려 넘어질 수 있다. 나는 지프로 가서 저녁을 먹고 다시 집 벽에 기대어 밤을 기다렸다.

이런 암흑 속에 혼자 있다니, 옥죄는 듯한 느낌이다. 어렸을 때 나는 어둠 속에 있는 게 무서웠다. 멀리서 개 짖는 소리도 전혀 들리지 않는다. 단지 비행기 한 대가 내 머리 위를 지나갔을 뿐이다. 사람들이 비행기 안에 앉아 있겠지, 라고 생각하니 위안이 된다.

너무 캄캄해서 지프가 어디 있는지 분간이 되지 않는다. 게다가 몹시 춥다. 나는 자동차 속으로 들어가 침낭 속에서, 즉 닫혔으나 밖을 내다볼 수 있는 공간 속에서 밤을 보내기로 결심한다. 거의 무한이라고 할 만한 텅 빈 공허에는 먼저 단계적으로 익숙해져야 할 필요가 있다. 그래서 나는 내일 아침 일찍 깨자마자 멀리 내다보기 위해 지프로 향했다.

한밤중에 한 번 잠이 깨어 잠깐 밖으로 나가야 했다. 방광이 감기에 걸렸을까 봐 두렵다. 풍경이 달빛 속에 잠겨 있었다. 달도 볼 수 없었다. 건물이 짧게 그림자를 던지고 있는 것으로 미루어 달은 지붕 바로 뒤에 있을 것이다. 추위 때문에 나는 다시 서둘러

지프 속으로 들어왔다.

승리에 찬 듯 의기양양한 일출이 나를 깨웠다. 모든 것이 빨간색 속에 잠겨 있었다. 이거야 말로 파노라마다! 서쪽에서는 온 산맥이 붉게 타오르고 있었다. 나는 역시 빨갛게 된 지프를 떠나 재킷과 풀오버를 벗고 몸을 두들겨 따뜻하게 만들고는 두 줌 가득한 물로 세수를 했다. 물통 속에 남아 있는 물은 2리터보다 많지 않을 것이다. 물이 충분한 한 나는 여기 머무를 것이다. 적어도 오늘과 내일은 여기 머물게 되겠지.

나는 벽 앞에 기대앉아 점점 더 따뜻해지는 기운을 즐긴다. 하늘은 이미 창백해져 청록색 숨결로 치장하고 있다. 빨강은 사라지고, 지프 역시 이제 멋진 모습으로 반짝이는 게 아니라 다시 그냥 더러운 껍데기를 보여 주고 있다. 그 껍데기가 무슨 색으로 칠해졌는가를 알아보려는 시도는 헛되다.

태양이 점점 더 나를 따뜻하게 했다. 평원 위가 반짝반짝 빛났다. 이제까지 나는 이렇게 드넓은 곳을 상상할 수 없었다. 정말 넉넉하고 풍부한 공간이다.

가벼운 미풍이 일었다. 어디선가 나무가 삐걱거리고 양철이 덜커덩거렸다. 건물로 막힌 측면에 앉아 있기에 바람은 내게 닿지 않았다. 나는 눈을 감고 꿈을 꾸었고 생각하며 졸았다. 수염 아저씨는 북쪽 국경 도시 아리카에 사는 믿을 만한 사람의 주소를 적어 주었다. 만약 내가 페루로 가서 그곳에서 비교적 오랫동안 머무를 생각이라면 나는 그에게 지프를 넘겨줄 수 있다. 그러나 단지 며칠 동안 타크나에 머무르려고 한다면 그는 그동안 나를 위해 지프를 맡아 줄 것이다. 내가 수염 아저씨와 함께 북쪽 여행에 대한 이야기를 나누었을 때는 타크나 여행은 희미한 생각에 불과했다. 그러나 이제 그것은 확고한 계획이 되었다.

그러나 왜, 나는 다시 미래에 대해 곰곰 생각하고 있는가? 지금 나는 여기에 있고, 이곳은 근사하다. 그 뒤에 올 일에 대해서는 생각할 수 있을 때 생각해도 좋으리라.

나는 잠깐 존다.

그렇다, 물론 나는 집으로 돌아갈 거다. 새 학년이 시작된 뒤 어느 땐가. 늦어도 다음 5월에는 돌아갈 거다. 그렇게 되면 학교를 빠지는 게 1년은 넘지 않게 된다. 하지만 나는 아직도 내가 무슨 직업을 갖게 될지 모른다. 어쩌면 1년 뒤 남아메리카에 올지도 모른다. 평생 동안 동일한 직업을 갖고 있어야 하는가? 꼭 그래야 할까? 너무 많은 것이 나를 화나게 한다! 내게 주어진 것은 단 한 번

168

의 삶이며, 반복할 기회는 없고, 더 낫게 만들 기회도 없다. 나는 내가 종말을 맞을 때, 그래, 나는 내게 열려진 가능성 안에서 다른 이들에게 손해를 끼치지 않고 최선의 것을 얻어 냈다고 말할 수 있는 인생을 만들어 가고 싶다.

나는 시간을 가져야 한다. 초조함을 장악하고 의연히 기다릴 수 있어야 한다. 더 이상 뜨거운 화덕 위의 물방울이 되어서는 안 된다.

나는 지프에서 벨빙거 여행 안내서를 꺼내 와서는 무릎을 세우고 앉아 책을 밑에 받치고 편지를 쓰기 시작했다. 물론 편지지가 없으니 그림엽서에 쓴다. 어쩌면 길게 주절거리는 것보다는 그냥 짤막하고 마음 편하게 살아 있다는 표시를 보내는 편이 더 나을지도 모른다. 누구나 읽어도 되도록 아주 느슨하게 말이다. 그 밖에도 이곳에서 긴 편지를 쓰면서 보내기에는 시간이 너무 아깝다. 지금 시간이 정지하여, 내가 무엇인가를 놓치고 있지 않을까 두려워할 필요 없이 영원히 이 황무지만 바라보게 된다고 해도 나는 아무 불만이 없을 것이다.

사랑하는 팀, 하고 나는 편지를 쓴다. 여기에 오니 참고 버텨 나갈 수 있어. 많이 돌아다녔고 많은 새로운 것을 경험했어. 너도 기운 내.

이것으로 충분하다. 이 그림엽서에서는 땅이 갈라진 사막이 아니라 전면의 정기 운항선과 함께 어부들의 마을 케욘이 보인다. 분명히 팀은 그곳에 가 보기 전의 나처럼 케욘에 대해서는 아직 한 번도 들어 보지 못했을 거다.

뤼디거 외삼촌을 위해서는 카스트로의 보라색 목조 성당 사진이 있는 카드를 골랐다. 여기 오시면 삼촌은 귀중한 모티프들을 무척 많이 발견할 거예요, 라고 나는 쓴다. 만약 남쪽의 겨울 안개 속으로 들어가지 않는다면, 여기서는 훨씬 자유로이 숨을 쉴 수 있어요. 그런 다음 가장자리에다 아주 조그맣게 프랑스어로 '난 아무런 후회도 없어요……' 라고 썼다.

나는 수첩에서 그의 주소를 베껴 적었다.

이제 헬라 고모를 위해 인디오 아이들이 한 줄로 서서 웃고 있는 카드를 고른다. 안녕하세요, 고모. 칠레에서 진심 어린 안부를 보내요! 잠시 이곳에서 돌아다니고 있어요. 고모 집에도 며칠간 가 있을까 해요. 틀림없이 도울 일이 있을 거예요.

그때 나는 그녀의 주소가 수첩에 없다는 것이 생각난다. 거리 이름도 집 번지수도 없는 엽서는 아웃이다. 그런데 고아원 이름이 생각난다. '카사 파드레 라스 카사스' 이렇게 덧붙여 놓으면 어쩌면 도착할지도 모른다.

뢰슬러 선생님의 주소도 갖고 있지 않았다. 하지만 학교 비서실로 보내면 받을 수 있을 것이다. 남쪽 바다에 초록색 섬들이 한 줄로 늘어선 엽서 위에 나는 이렇게 쓴다. 저는 몇 시간 동안 무한히 넓은 평원 앞에 앉아 있어요. 피부가 따뜻해지는 걸 느끼며 이 것저것 생각합니다. 전 포기하지 않을 거예요.

마르타와 할머니에게 나는 그냥 'Saludos y mil gracias' 라고만 쓴다. '안부 인사와 감사의 마음을' 이라는 뜻이다. 두 엽서는 똑같은 거다. 칠레의 여섯 가지 다른 모습들을 담고 있다. 이런 칠레 일주를 담고 있으면서 일곱 번째이자 마지막인 엽서에는 이비인후과 주소를 쓰고 그 위에 잘 지냅니다, 라는 말밖에 쓰지 않는다. 그들은 이 말에서 자신들이 원하는 것을 끌어낼 것이다. 그들은 나를 어떻게 할 수 없다.

엽서 일곱 장을 썼더니 피곤하다. 나는 우표를 붙인 다음 엽서들을 재킷 속에다 분류해서 넣고 위를 올려다보았다. 해외로 보낼 일곱 장의 우표. 마르타와 할머니에게 보낼 엽서에는 더 싼 우표를 붙일 수도 있을 것이다. 그러나 상관없다.

171

거의 정오가 되었다. 땀이 흘러나온다. 햇볕이 너무 뜨겁다. 바람은 가라앉았다.

나는 지프로 가서 마지막 남은 빵과 햄과 우유를 꺼내 와 돌처럼 딱딱한 빵을 갉아먹었다. 이 빵을 먹는 건 이로서는 도전이다. 그러나 햄은 좋았다. 단지 너무 짜서 목을 마르게 했다. 나는 우유를 4분의 1리터만 남겨 놓고 전부 목안에 쏟아 부었다. 남은 우유가 들어있는 우유팩은 벽에 기대 놓았다.

트림이 나왔다. 여기서는 그렇게 짐승 같은 소음을 내도 신경 거슬려 하는 사람이 아무도 없다. 마음 놓고 트림을 하고, 문을 잠그지 않고 열쇠를 꽂아 놓은 채 지프차를 세워 놓을 수 있는 꿈 같은 세계.

기분이 솟구친다. 나는 팔을 활짝 벌리고 깊이 숨을 들이쉰 다음 목청껏 고함을 질러 본다. 여기서는 그래도 된다. 내가 그렇게 해도 방해받는 사람이 없으니까. 모든 것을 해도 좋다. 이것은 순수한 자유다! 배도 부르고 속속들이 몸도 따뜻하고 기분도 좋다. 나는 다시 벽에 기대어 정오의 잠 속으로 빠져 들어간다.

이 무슨 정적인가. 심지어 시간조차도 정지해 있다.

어떤 소음이 나를 깨운다. 부릉부릉거리는 소리인데 점점 더 커진다. 비행기가 아니라 자동차 소리다. 내가 꿈을 꾸고 있나? 황급히 나는 몸을 일으켰다.

용달차 한 대가 길 위에서 먼지의 깃발을 뒤에 끌며 가까이 다가오고 있었다. 용달차는 건물 앞에 이르자 날카로운 반원을 그리며 지프 옆에 멈추어 선다. 진을 입은 남자 셋이 차에서 내린다. 모두 젊다. 한 녀석은 선글라스를 끼고 있는데, 녀석이 손짓을 하자 다른 두 녀석이 지프를 빙빙 돌며 들여다본다. 내가 반쯤 잠에서 덜 깬 채 일어나 그들에게 가려고 하기 전에 그들은 건물 속으로 사라진다.

여기 누가 살고 있었단 말인가? 불가능하다. 이곳에는 물도 없고 탱크도 비어 있으며 녹이 슬어 구멍이 뻥뻥 나 있다. 어쩌면 저들은 광산의 상태를 조사하러 왔을지도 모른다. 이 건물들은 어떤 목적을 위해서 언제라도 쓰일 수 있으니까. 나도 조사하는 데 끼어볼까? 그것은 뻔뻔스럽게 보일 수 있다. 나는 다시 몸을 벽에 기댄다. 우선 기다리자. 내가 여기서 뭘 찾고 있는지 알고 싶다면 그들은 나에게 말을 걸 것이다.

나는 귀를 기울였다. 그러나 이따금 소음만 들렸다. 나와 그들

173

사이에는 내가 기대어 있는 건물이 있다. 그들은 다른 폐허 속에가 있는 것이 틀림없다. 그렇지 않으면 창구멍과 문구멍으로 그들의 말이 들릴 것이다.

갑자기 모래가 바스락거리며 발걸음 소리가 커진다. 셋 중 한 청년이 건물 앞에 나타나더니 용달차 속으로 들어가 시동을 건다.

그다음 모든 일이 번개처럼 빠르게 진행된다. 다른 두 청년이 나타나서는 지프로 뛰어가 문을 벌컥 열고 안으로 뛰어들어가고 엔진이 울부짖는다. 자동차는 움직이기 시작하더니 쏜살같이 달려간다. 용달차가 그 뒤를 바짝 따른다. 무한히 긴 먼지의 꼬리가 평원 위로 드리워지다가 천천히 가라앉는다. 엔진 소리들은 멀리 사라지고 아까와 마찬가지로 고요해진다.

19

비로소 나는 방금 무슨 일이 일어났는지를 천천히 깨닫는다. 처음 든 생각은 내 자신에 대한 것이었다. 이 멍청이, 왜 자동차 열쇠를…….

자책은 의미가 없다. 일어난 일은 일어난 일이다.

두 번째 생각은, 녀석들은 어떻게 이곳으로 왔을까? 내가 이 길로 접어들었을 때 그들은 나를 관찰하고 있었단 말인가? 그러나 도로 위에서 나는 아무도 보지 못했다! 주위에 마을 하나 없었고, 트럭 운전수 외에는 살아 있는 인간이 없었다. 내가 '다메 아구아' 나무에서 몇 마디 말을 주고받은 운전자……, 하지만 그는 내가 이 길로 접어들기 전에 이미 떠나고 없었다.

오히려 그 세 녀석이 훔친 물건을 숨길 장소를 찾다가 이 폐광을 거기에 적합한 것으로 여겼다고 가정해 볼 수 있다. 아니면 그들은 순전한 호기심에서 사람이 살지 않는 곳의 냄새를 맡으려고 이곳에 왔다가 나를 만났고, 차를 얻을 수 있는 단 한 번뿐인 기회를 재빨리 이용했을 수도 있다. 가서 얼른 번호판을 바꾸고 색깔과 의장을 바꾸면……, 이렇게 외딴 지역에서는…….

이런 생각을 해 봤자 무의미하다. 녀석들은 자신들을 위해서뿐만 아니라 나를 위해서도 새로운 사실을 만들어 주었다. 이제 나는 그 사실들을 명료하게 이해해야 한다.

아직 내게 남아 있는 것은 뭐지? 목에 거는 작은 가방에 달러와 여권, 자동차 서류. 내가 입고 있는 옷가지, 거기에다 선원의 풀오버와 재킷이 있다. 지갑 속에 칠레 화폐가 있고, 바지에 뜯은 티슈 한 통과 수첩, 주머니칼이 그리고 재킷에 볼펜과 휴대용 빗이 있다. 땅바닥에는 내가 엽서를 쓰면서 받침으로 썼던 벨빙거 여행 안내서가 있다. 벽에는 우유팩이 기대어져 있다.

우유팩에 남은 우유는 지금 이 처지에서는 가장 귀한 것일 듯싶다.

나는 냉정하려고 애를 쓴다. 그러나 분명한 것은 누군가 우연히 나를 발견할 때까지 여기서 기다리는 건 의미가 없다는 것이다.

176

내가 온 세상에서 바로 이 지점에 멈추어 있는 동안 그 세 녀석이 나타난 것은 어쩌면 잘못된 우연일는지도 모른다. 폐광도 길도 얼마나 황폐한 모습인지, 가져갈 것 하나 없는 이 버림받은 곳에 누군가 또 잘못 들어오기 전에 이미 나는 해골로 변해 있을 것이다.

내 처지를 제대로 평가했다면 나는 대단히 심각한 위험에 처해 있다. 물 없이는 생존할 수 없다. 그런데 이곳에는 물이 없다. 그렇다면 나에게는 단지 이틀, 많아야 사흘의 유예 기간이 남아 있다. 어림짐작으로는 그렇다. 어쩌면 이 유예 기간은 훨씬 짧을 수도 있다. 나는 인간이 물을 마시지 않고 얼마나 오래 견딜 수 있는지 구체적으로 배운 적이 없다.

빌어먹을 돼지 새끼들. 이제까지 나는 칠레 곳곳에서 아주 많은 친절을 경험했다. 그런데 지금은……

물을 어떻게 구하지? 적어도 그 1리터짜리 오렌지 주스를 갖고 나왔더라면, 아니면 사과라도. 점심을 먹을 때 사과 봉지를 갖고 왔다가 도로 갖다 놓았다. 나중을 위해……

그때는 물통에 아직 물이 남아 있었다. 지금은 하나도 없다.

가장 가까운 물은 59킬로미터 떨어진 곳에 있다. 그 도로변의 어린나무 옆에. 그리고 이것이 그곳으로 가는 가장 가까운 길이다.

나는 추웠다. 풀오버를 입고 재킷을 어깨 위에 걸쳤다. 벨빙거 여행 안내서는 겉주머니에 넣고 우유팩은 안주머니에 넣는다. 지갑은 우유팩이 쏟아지지 않도록 그 옆에 꾸겨 넣는다.

59킬로미터. 내가 만약 기력이 있고 또 가는 길에 먹을 게 있다면, 무엇보다도 물을 마실 수 있다면, 이런 평원에서는 한 시간에 7킬로미터를 걸을 수 있다. 그렇다면 나무까지 가는 데 여덟 시간 반이 걸리리라. 최상의 육체적인 상태에서 줄기차게 행군해 간다면 말이다. 그러나 나는 우유 조금밖에 가진 것이 없고, 또 기력도 점점 더 떨어질 것이다. 가는 동안 잠을 자야 할 수도 있다. 만약 그 거리를 가는데 이틀 이상이 필요하지 않다면 난 운이 좋다고할 수 있다. 그러나 운이 그다지 좋지 않다면 나는 끝장이다.

나는 이제 냉정을 유지해야 한다. 평정을 잃어서는 안 된다. 내가 어디 있는지 찾을 사람은 아무도 없다. 오직 나만이 내 자신을 구할 수 있다.

나는 걷기 시작한다. 정오의 열기는 이미 가시고 태양이 내려앉으며 서늘해지기 시작한다. 나는 생각을 하지 않으려고 애쓴다. 그러나 생각들은 자꾸만 어딘가에서 골똘히 생각하고 있다. 59킬로미터를 오는 데 지프로는 한 시간도 필요하지 않았다. 지금 나는 이틀, 또는 그 이상을 질질 끌면서 걸어야 한다. 그렇게라도 할 수 있다면 말이다.

생각하지 말고 계속 걷는 거다. 힘을 낭비하지 말고, 한결같이.

수염 아저씨는 뭐라고 말할까. 내가 그를 제대로 평가했다면 그는 이 사태를 의연하게 받아들일 것이다. 나는 지프차를 도둑맞을 때를 대비하여 보험을 들어 두었다. 그러니까 적어도 그 문제는 해결되어 있다.

그것을 생각하자 다시 힘이 난다. 나는 주위를 둘러본다. 지평선 위에 태양이 걸려 있는 게 보인다. 나는 잠깐 뒤를 돌아본다. 벌써 광산은 다시 몇 개의 점들로 조그맣게 줄어들어 있다. 다시 말해 어쩌면 나는 4킬로미터를 걸었을 수도 있다. 5킬로미터일 수도 있다. 내가 언제부터 걷기 시작했더라? 낭패감에 빠져 평정을 잃지 않으려면 시간을 잘 지켜보아야 한다.

59킬로미터 가운데 9킬로미터를 걸었다.

계속 걷자. 나는 먼지 속에서 내 신발 자국을 알아볼 수 있는지 살펴본다. 해가 사라지게 되면 어느 방향으로 갈지 실마리가 사라지게 될 것이기 때문이다. 멈추어 서서 한번 발자국을 바라보고 주위를 둘러본다. 잠시 길 가장자리에서 쉴 수도 있다. 그러나 그렇게 되면 더 이상 내가 어떤 방향으로 가야 할지 모르지 않을까? 이쪽? 아니면 저쪽?

그렇다. 먼지 속에서도 발자국은 보인다. 다만 어디나 다 먼지가 있는 건 아니다. 그리고 바람이 일어나 먼지를 가져가서도 안 된다.

생각하지 말자. 계속 걸어가자. 모든 것이 다 잘 될 거다. 그렇지만 갑자기 죽어 버릴 수도 있지 않을까? 아니, 그건 불가능하다. 그런 일은 영화에서나 있는 법이다. 아니면 전쟁에서나.

태양이 산 뒤로 사라지고 어두워지기 시작한다. 이제 나의 그림자는 드리워지지 않는다. 그러니까 저쪽이 서쪽이다. 길은 북쪽에서 남쪽으로 향한다. 아침이면 태양이 틀림없이 반대편에서 떠오를 거다. 나는 이 점을 유의해야 한다. 안심이 되는 한 가지 사실은 길이 계속해서 곧장 나 있다는 것이다.

언제쯤 목이 마를까? 그것만은 생각하지 말자. 어쩌면 목이 마르지 않을 수도 있다. 계속 가자.

그들은 진정한 프로들은 아니었다. 프로들이었다면 나에게서 모든 것을 가져갔을 것이다. 목에 거는 가방이며 시계, 재킷, 지갑 모두. 나는 그들을 기억해 보려고 애를 쓴다. 그러나 여전히 불분명하다. 생각나는 거라곤 단지 그들이 젊은이들이라는 것뿐이다. 대략 열여덟에서 스물다섯 사이. 선글라스를 쓴 녀석은 나에게 윙크까지 했는데!

어쩌면 지프를 살 능력이 없었던 녀석들일지도 모른다. 아무런 기회도 없는 인생을 살아가야 하는 사람들.

녀석들은 자기들이 나를 어떤 처지에 몰아넣었는지 알고 있을까? 어쩌면 그들은 이곳에서 이미 100킬로미터 떨어진 어딘가의 술집에서 축하를 한 다음 지금 그것을 깨달았을까? 어쩌면 살인을 했다는 양심의 부담을 느끼지 않기 위해 돌아올까? 아니면 이 사건은 과실 치사라는 판결을 받을까? 그들은 나를 죽이려 했던 것이 아니라 단지 지프만 노렸기 때문이다.

어쩌면. 어쩌면.

날이 너무 어두워져서 이젠 길이 보이지 않는다. 만약 다른 방향으로 비틀비틀 나아간다면 마지막 기회조차 묻어 버리는 셈이 된다. 날이 밝을 때까지 기다려야 한다. 기력을 모으기 위해 밤 동안 잠을 자려고 시도해야 한다. 서늘하면 땀을 흘리지 않으리라.

나는 재킷에서 우유팩을 꺼내 땅바닥 위에 놓고, 밤의 돌풍으로 넘어지지 않도록 팩 주위에 돌들을 긁어모아 놓았다. 딱 4분의 1리터의 우유. 얼음처럼 찬. 아직은 그것을 마시고 싶지 않다. 내일 정오의 열기 속에서는 그것이 절실히 필요하게 될 거다. 나는 잠결에 넘어뜨리지 않도록 우유팩으로부터 조금 옆으로 떨어져 나와 머리를 내일 계속 가야 하는 방향에 두고 누웠다.

20

하늘은 밤새 맑았다. 너무 추워서 나는 태아처럼 웅크리고 몸을 재킷으로 감쌌지만, 그럼에도 불구하고 비참할 정도로 추웠다.

내 머리 위에서 별들이 반짝인다. 추위 때문에 잠들 수가 없다. 마르타는 내가 어떤 처지에 있는지 안다면 와 줄까? 분명 오지 않을 것이다. 나는 그녀에게 그 정도로 가까운 사람이 아니었다. 또한 내가 있는 곳은 그녀에게는 공포인 북쪽이다. 그녀는 오직 안개와 비와 증기 속에서만 기분이 좋은 습지 식물과 같다.

케욘의 할머니는? 그녀는 이곳의 나를 보고 내가 어떤 처지에 있는지 안다면 무척 당황할 것이다. 그녀는 연민 때문에 애간장이 녹을 것이다. 그리고 분명 간절히 기도함으로써 신의 도움을 불러올 수 있으리라고 진정으로 믿을 것이다.

팀은? 그는 마음의 동요와 당황 때문에 끔찍하게 몸을 긁어 댈 것이다. 피가 나올 때까지 말이다. 하긴 그 자신이 몇 년 전부터 갈증으로 반쯤 죽은 채 사막을 비틀거리며 가고 있다.

뤼디거 외삼촌이 나를 본다면? 내기를 하거니와 그는 당장 다음 비행기를 잡아타고 올 거다. 필요하다면 맨발로 달려올 거다. 그렇기는 하지만 그건 너무 늦다. 그는 너무 멀리 있다. 비참할 정도로 멀리 있다.

나의 부모님도 마찬가지다. 그들은 비용 따위는 무서워하지 않고 외무관이며 이곳 독일 영사관을 통해 칠레의 절반을 움직일 거다. 내가 이런 상황에 있는 걸 알면 며칠 동안 병원을 닫고라도 이곳에 올 것이다. 자신들의 아들이 사느냐 죽느냐가 문제이기 때문이다. 갈증으로 죽어 간다면, 죽는 날을 진료 날짜처럼 며칠 뒤로 미룰 수는 없다.

결국 나는 그들에게 어떤 의미가 있는 존재다.

그러나 그들은 아무것도 모른다. 어쩌면 그들은 이제 내 가출을 훨씬 더 태연하게 받아들이고 지금쯤 콘서트에 가서 음악의 즐거움에 몰두하고 있을 수도 있다.

뢰슬러 선생님은? 이처럼 즉각적인 결단과 행동을 요구하는 구체적인 상황은 그녀에게 어쩌면 과도한 요구일는지 모른다. 그녀의 세계는 정신과 이상과 비전의 세계이다.

내게 가장 가까이 있는 사람은 헬라 고모이다. 나는 그녀의 사진들을 보았다. 그녀는 대단히 정열적으로 행동하고 자발적으로 결단을 내릴 수 있는 사람인 것 같은 인상을 주었다. 벌써 흰 머리가 있는 50대 중반의 여자. 그녀는 분명 나를 궁지 속에 내버려 두지 않으리라. 그녀는 그 슬럼가의 장애아들처럼 친척이 아니라도 절대 궁지 속에 내버려 두지 않는다.

그러나 헬라 고모 역시 내가 어떤 처지에 있는지 짐작도 못한다. 그 세 녀석을 제외한 누구도 알지 못한다! 그러나 그들은 나를 상기할 수 있는 생각을 쫓아 버리려고 애쓰고 있을 것이다.

아무도 없다. 아무도!

달이 떠오른다. 남쪽에서 초승달이었을 때 보았다. 곤돌라를 연상시키는 누운 초승달. 잔뜩 휘어진 뱃머리와 고물.

그러나 지금은 거의 보름달이다. 점점 더 밝아진다. 자리에서 일어나 앉다가 나는 내 그림자가 창백하게 드리워진 것을 알아차린다. 발자국도 그림자가 있지 않을까? 그렇다면 난 추위에 떨거나 체액을 흘릴 필요 없이 서늘한 어둠 속에서 계속 걸어갈 수 있지 않을까!

나는 내 그림자가 더 검고 더 분명해질 때까지 기다린다. 그런 다음 역시 그림자를 던지고 있는 우유팩을 돌무더기에서 꺼내 다시 재킷에 넣고 출발한다. 내 그림자가 내 앞에서 비스듬하게 걸어간다. 서늘한 대기 속을 잘 걸어간다.

나는 생각을 하려고 애쓰지 않는다. 그러나 생각은 자유롭다. 나에 대해서도 자유롭다. 생각은 내가 소변을 보아야 할 때에도 방해를 받지 않는다. 이제 생각은 하늘에 계신 위대한 사령관에게 '따지고 든다.'(이것은 외프너 부인의 표현이다!) 나에게 일어난 일은 일종의 교육상 전략이란 말입니까? 아니면 내가 무리에서 떨어져 나온 것에 대한 벌인가요? 사령관님, 당신은 나보다 우리 부모님하고 더 친한가요?

아니면 그 세 녀석에게 낡은 광산에 가 보자는 아이디어를 주었던 이는 당신이 아니었나요? 당신은 어쩌면 여기서 무슨 일이 벌어지고 있는지 전혀 모르고 있지 않나요? 이 모든 것이 당신의 통제 없이 벌어진 일인가요?

그렇다면 당신은 존재하지 않을지도 모른다는 의심이 확실해진 셈입니다. 광산에서 일어났던 일은 순전한 우연이었고요. 나 자

186

신도 순전히 우연의 산물이고요. 내가 살고 있는 이 행성도 모든 생물까지 포함해서 마찬가지로 우연의 산물. 별이 총총한 하늘, 그것은 무수한, 무한한 우연들의 사슬!

거의 위안이 되지 않는 생각이었다. 그러나 내게는 지금 위안이 필요하지 않다. 나는 의기충천해 있기 때문이다. 나는 기분 좋게 앞으로 잘 나아가고 있다. 이 서늘한 공기가 좋다.

웃긴다. 나는 돈이며 여권, 운전면허증같이 문명사회에서 필요한 것들을 지니고 있다. 그러나 이곳 팜파스에서는 이 모든 것이 아무 가치 없는 종이 조각에 지나지 않는다. 기껏해야 엉덩이를 닦을 때 필요할 뿐. 그에 반해서 지독히 보기 흉한 재킷이 갑자기 없어서는 안 될 귀중한 물건이 되어 버렸다. 그리고 신발 역시 무엇과도 바꿀 수 없는 것이다. 그리고 이 우스꽝스럽게 남은 우유. 이것도 최고의 보물이다!

뢰슬러 선생님 말이 옳다. 잘 생각해 보면 나는 불행 중 다행이다. 내가 지프 속에 재킷과 풀오버를 놓아 두고 우유는 완전히 다 마셔 버리고, 목에 거는 가방과 동전 지갑은 장갑 넣어 두는 칸에다 넣어 둘 수도 있었다. 그것만이 아니다. 녀석들은 나를 매끄럽게 해치울 수도 있었다. 범죄 영화를 본 사람은 알 것이다. 죽은 자는 말이 없다.

맞아요, 뢰슬러 선생님. 더 나쁜 상황은 없을 것 같아도 따져 보니 그렇지 않군요. 전 아직 살아 있고 아직 앞으로 가고 있으니까요.

내 앞에 길을 가로지른 좁은 띠가 점점 더 분명하게 보인다. 계곡이다! 벌써 계곡에 왔다! 이 말은 내가 벌써 24킬로미터를 왔다는 뜻이다. 이제 35킬로미터만 가면 된다. 절반 거리까지 5.5킬로미터 부족하다. 나는 자신을 제어하지 못하고 조금 달려야 했다. 그만큼 기뻤다. 언덕을 뛰어내려갔다가 다시 올라갔다. 여기서 길이 꺾어졌었다. 지금부터는 나무까지 일직선으로 간다.

달이 하늘 높이 가 있었다. 이따금 나는 걸음을 멈추고 뒤를 돌아보고 위를 쳐다보았다. 어린아이였을 때 나는 종종 달과 이야기를 하며 달에게 내 걱정거리를 털어놓았다. "달아 난 마음이 아파!" 또는 "달아 고양이가 죽었어!" 달이 나의 방을 비출 때면 나는 사랑받고 있는 듯한 포근한 느낌이 들었다.

모든 것이 환상이다.

점점 피곤해진다. 몇 시간 동안 달렸다. 그러나 이 서늘함을 이용해서 몇 킬로미터를 더 달리고 싶다. 그러나 지금은 천천히밖

188

에 나아가지 못한다.

나는 정말로 내 자신이 자랑스럽다. 아무리 유혹을 느껴도 난 아직 우유에 손을 대지 않고 있다. 나의 입술은 건조하다.

잠시 동안만 쉬자. 나는 우유를 다시 옆쪽에다 내려놓고 잠을 청한다. 몽롱한 상태에서 나는 팔을 날개처럼 수평으로 쫘악 벌리고 둥둥 떠서 힘들이지 않고 발자국 위로 날아간다. 내 발밑의 평원이 파도처럼 일더니 소리를 내기 시작하고 물로 변한다. 지평선까지 물이다! 나는 밑으로 휙 내려가 물을 떠서 맛을 본다. 달콤한 물이다. 나는 구조되었다.

그런데 발자국을 찾아보니 발자국이 없다. 나는 놀라서 벌떡 일어나 주위를 두리번거린다. 발자국이 아직 거기에 있었다. 그러나 물은 한 방울도 없었다. 드넓은 평원에서 단 한 군데만 젖어 있다. 바로 내가 소변을 본 그곳만이.

날이 얼음장처럼 찼다. 이러한 냉기 속에서는 잠을 잘 수가 없다. 나는 계속 터덜터덜 걷는다. 동쪽 산 위가 어스름하게 빛날 때까지. 해가 곧 떠오른다면 얼마나 좋을까. 그렇다면 따뜻해지리라. 그렇지만 해가 그렇게 빨리 떠오르지 않는다 해도 괜찮다. 햇빛은 갈증을 일으킨다.

달빛이 창백해지며 하늘이 공작새처럼 활짝 날개를 펼쳤다. 여기서는 황금빛 테가 둘린 구름 뭉치가 높이높이 끌려올라가고 저기서는 보랏빛 베일이 나부낀다. 그리고 그 뒤에는 잿빛의 띠와 청록색 비늘들이 반짝이고, 서쪽에서는 햇빛을 받아 지평선이 빛나고, 동쪽에서는 두 개의 산이 크림 모양의 모자를 쓰고 있다. 그리고 나는 이런 하늘의 우주 밑에서 사람의 폐를 거의 터뜨려 버릴 지경의 오렌지 빛 바다를 걸어가고 있다.

저 위에 또는 어디엔가 이 모든 무대 장치를 담당한 이가 있는가? 내 머리털이 빠져도, 할머니가 기도해도 아랑곳하지 않으면서 더 넓은 테두리 안에서 질서를 잡고 통치하는 분이? 위대한 사령관이여, 당신은 존재하는가? 이봐요, 대답 좀 해요!

이슬도 없다. 땅바닥은 먼지처럼 바싹 말랐다.

나는 지평선을 살펴본다. 언젠가 저기서 검은 점이 나타날 것이다. 발자국 방향을 가로지르는 가느다란 선에 찍혀 있는 작고 검은 점이.

날이 금세 뜨거워진다. 태양뿐만 아니라 피로 때문에도 땀이 터져 나온다. 나는 우유팩을 내려놓았다. 그리고 자는 동안 태양으로부터 몸을 보호하기 위해 재킷을 벗어 덮는다. 누군가 지금 도로에서 이쪽으로 오는 사람이 있다면 나 역시 지평선에 찍힌 점이 될 것이다. 이 보라색 점, 이 점은 못 보고 지나치지는 않으리라.

오, 누군가라도 와 주었으면!

21

내가 눈을 떴을 때 태양은 내 머리꼭대기를 지나 있었다. 나는 땀으로 목욕을 했다. 3시 15분 전. 배가 고파야 할 시간이다. 그러나 고프지 않았다. 단지 바싹 말라버린 느낌이 들었다. 머릿속에서 천둥이 치고 수염이 가려웠다.

지금 4분의 3을 왔을까? 그 말은 아직도 딱 15킬로미터가 남아 있다는 말이다. 15킬로미터, 거의 무한한 거리이다.

나는 힘을 들여 다시 다리를 딛고 일어선다. 행군에 들어서야 한다. 이런 식의 고된 신고를 겪기에는 컨디션이 좋지 않아도. 두 주 이상 나는 자동차 속에 앉아 있었다. 케욘에서 열이 나서 침대에 누워 있었을 때와 엘아마리요의 뜨거운 욕조에서 보냈던 때를 제외하면. 칠레에 온 뒤 나는 기분에 따라 잔뜩 먹었다. 최소한의

구급 식품으로 배고픔 극기 훈련을 하리라고는 생각도 하지 않았다.

나는 돌무더기에서 우유팩을 꺼내 흔들었다. 내용물이 조금씩 조금씩 증발되는 것 같다. 이제는 출렁대는 소리가 빈약하다. 마시고 싶은 욕구가 나를 사로잡는다. 이제 모든 것이 아무래도 좋다. 나는 우유를 또는 옛날에 우유였던 것을 기울인다.

끔찍한 맛이다. 그러나 입술과 목에 촉촉한 기운을 느끼자 무한히 좋다.

나는 파파 늙은 노인처럼 발을 질질 끌며 걷는다. 안녕, 나를 아는 모든 사람들아, 내가 아는 모든 사람들아, 내가 관심을 가진 모든 사람들아, 난 너희들에게 보낼 엽서를 재킷에 갖고 있다. 도착하자마자 부칠게. 부디 어딘가 도착하게 되기를.

도착하지 못한다면? 그러자 어쩔 수 없이 내가 그저께 지나왔던 그 바싹 마르고 버림받은 묘지가 떠오른다. 여기저기 널려 있던 뼈와 해골들. 멋진 광경이었다. 우연에 의해 생명으로 태어나고 우연에 의해 생명과 분리된 것들. 그것이 전부였나? 그건 이미 즐거움만은 아니었다.

남아 있는 일이라고는 부모가 나를 집으로 데려가 큰 비용을 들어 땅에 묻는 것이 되리라. 다그마 이모와 그 일족이 거기 오리라. 이렇게 어린 나이에 죽어야 하다니, 불쌍한 아이! 뤼디거 외삼촌 역시 그곳에 오리라. 어쩌면 내가 좋아하는 그 알록달록 체크무늬 재킷을 입고 올지도 모른다. 그 옷을 입은 외삼촌은 검은 옷의 군중들 사이에서 놀랄 만큼 눈에 띌 것이다. 그래요, 뤼디거 외삼촌, 그 옷을 입으세요! 외프너 부인은? 그녀는 정직한 눈물 몇 방울을 훔칠 것이다. 어쩌면 우리 반 아이들도 올 것이다. 팀은 분명히 올 것이다. 울어서 퉁퉁 부은 그의 얼굴이 눈앞에 보인다. 그는 아주 당혹해 할 것이다. 왜냐하면 삶은 분명 두 개의 가능성밖에 제공하지 못한다는 것을 깨달았다고 생각할 것이기 때문이다. 복종, 즉 순응하거나 아니면 파멸하거나.

아니, 나는 파멸하지 않으련다. 단지 잠시 쉬면서 기력을 모을 테다. 그다음 계속 갈 것이다.

나는 아버지와 어머니를 생각한다. 언젠가 내가 돌아간다면 우리 사이는 아마도 완전히 달라질 것이다. 마치 아무 일도 없었던 것처럼 그렇게 계속될 수는 없다! 그것은 그들도 깨달았을 것이다. 그들은 목석이 아니다. 단지 그릇된 목표를 정해 놓았고, 이제까지 중요한 것과 중요하지 않은 것을 구별할 줄 몰랐을 뿐이다. 어쩌면

194

지금에야 자신의 태도의 이면을 물어보는 법을 배웠을 것이다.

그 점, 그 점이 곧 나타나야 한다. 사라질 수는 없을 테니까. 그러나 지평선은 안개처럼 희미하다. 머릿속에서 나뭇가지들 밑에 순전히 물통들만 보인다. 작은 것, 큰 것. 수염 아저씨의 물통도 그 사이에 있다. 어떤 것은 비어 있고, 어떤 것은 반쯤 차 있으며, 또 어떤 것들은 물이 가득 차 있다. 물맛은 좋지 않으리라. 깡통들은 녹이 슬어 있고, 유리잔과 물통은 더럽다. 하지만 나는 그것을 마지막 한 방울까지 깨끗이 마셔 버리리라!

날이 점점 서늘해진다. 나는 평원 위로 긴 그림자를 던지고 있다. 그림자의 움직임은 규칙적이지 않다. 앞으로 비틀거리기도 하고 힘들게 한 걸음 한 걸음 내딛기도 한다.

사령관님. 그들이 내게서 지프를 뺏어 갔어요. 사령관님. 난 너무 목이 말라요. 사령관님, 요나스는 곧 더 이상 계속 걸어갈 수 없게 될 거예요.

또 쉰다. 웅크리고 잠시만 쉬자. 이제 나는 동쪽과 서쪽 지평선의 산맥을 정확히 알아볼 수 있다. 그것은 혼돈할 수 없다. 그러니까 이제는 내가 어느 방향으로 행군하는지 주의할 필요가 없다. 정말 잠시만 쉬자.

어떤 유머가 떠오른다. 사막을 소재로 한 유머다. 아버지가 여러 번 그 이야기를 들려주었다. 두 영국인이 목이 말라 거의 죽을 지경이 되어 사막을 비틀거리며 횡단하다가 상대를 알아보고 기쁨에 얼굴을 빛내며 마지막 힘을 다해 상대방에게 기어간다.

"영국인?" ─ "영국인."
"호모?" ─ "호모."
"옥스퍼드?" ─ "케임브리지."
"아, 죄송합니다."

아버지의 시가 냄새가 나는 것 같다.

차가운 냉기가 나를 깨웠다. 달이 깨우기도 했다. 온 풍경이 희미한 빛 속에 잠겨 있었다. 자정쯤 된 것 같다. 그만큼 오래 잠이 들었던 거다. 그러나 비록 사지는 납처럼 무거워도 머리는 다시 완전히 맑아졌다. 나는 일어나서 발을 질질 끌며 계속 걷는다. 뜨거운 화덕 위의 물방울과도 같은 나는 이제 이리저리 치식거리지 않는다. 이제는 한 자리에서 돌다가 점점 작아진다.

내가 없어질 때까지.

언젠가 이곳에 오게 된다면 나는 많은 시간을 가지리라. 무엇을 위해? 그것이 무엇인지 아직은 모르지만, 그러나 그 무엇을 위해 많은 시간을 내리라.

왜 달이 지금 내 앞에 떠 있지? 지난밤에는 등 뒤에 있었는데! 나는 산맥의 모양을 살펴보려고 애를 쓴다. 그러나 밤이라 보이지 않는다. 웃긴다, 저 달, 갑자기 내 그림자를 내 뒤로 드리우다니.

문득 나는 깜짝 놀란다. 먼지 속에 발자국이 있다! 인간의 자취가 나를 향해 있다! 그 사람은 틀림없이 나를 만났을 텐데! 무심하게 나를 지나쳤을까? 내가 자고 있는 동안? 나는 분노에 가득 차 몸을 구부리고 신발 자국을 자세히 관찰한다. 만약 누군가 일부러 나를 지나쳤다면? 그때 더럭 의심이 떠오른다. 나는 힘들게 한 쪽 발을 들어 내 신발 바닥을 관찰했다.

그것은 내 자신의 발자국이었다. 그러니까 나는 잘못된 방향으로 갔던 거다.

그것은 나의 낙관주의를 일거에 무너뜨리는 돌멩이였다. 쌓아 놓은 무더기가 와르르 무너져 내렸다. 나는 분명 팜파스 안으로 1킬로미터를 들어왔다. 이제 그만큼 다시 되돌아가야 한다. 귀중한 2킬로미터를 헛되이 낭비하고 그냥 내던져 버렸다!

일어나서 발길을 돌린다. 나는 이제 감히 앉지 못한다. 앉는다면 어쩌면 일어나지 못할 거다. 나는 등에 달을 두고 비틀비틀 나아간다. 나의 혀는 딱딱한 덩어리이다. 입 전체가 안쪽으로 부었고 입술은 쩍쩍 갈라져 있다.

우리 행성은 인구가 너무 많다. 인간들로 우글거린다. 그러나 이곳, 이곳에는 아무도 없다! 내가 죽느냐 사느냐가 누군가의 도움에 달려 있는 이곳에는!

다시 아버지가 즐겨 들려주던 유머 하나가 떠오른다. 어렸을 때 나는 그 유머에 대해 많이 생각했다. 한 경찰관이 어느 날 야간 순찰을 하다가 술 취한 사람을 만난다. 보니까 그는 규칙적인 간격을 두고 열쇠로 자기 앞에 있는 벽을 치고 있다. 경찰관이 왜 그러고 있느냐고 묻자 술 취한 사람이 대답한다. "지구가 돕니다, 딸꾹. 경찰관님, 그러니까 언젠가, 딸꾹, 우리 집이 지나갈 거 아닙니까……."

그래, 집 문이 지나갈 때까지 그냥 기다리는 거다. 어쩌면 더 걸어갈 가치가 없을지도 모른다. 뤼디거 외삼촌이 옳다면 죽음은 영원한 행복의 상태이다. 어떤 것, 즉 삶이란 것을 잃었다는 의식이 없기는 하지만. 지구의 중력으로부터 자유로이, 둥둥 떠 있는 상태.

그냥 기다리자. 쉬자. 그러나 어떤 목소리가 경고를 한다. 뤼슬러 선생님 목소리 같다. 나는 비틀거리며 나아간다. "다메 아구아." 나는 큰 소리로 말한다. 회전 예배기로 기도할 때처럼 그 말을 계속 되풀이하며 물을 상상한다. 고개를 들 필요는 없다. 모든 것이 눈앞에 보이니까.

결코 포기하지 마. 뢰슬러 선생님은 작별할 때 그렇게 말했다. 절대 포기하지 마. 비록 겉보기에는 아무런 가망이 보이지 않는 상황일지라도. 그래 좋아. 절대 포기하지 마, 나는 그 말에 박자를 맞추며 비틀비틀 계속 걸어간다. 그와 동시에 어쩔 수 없이 뢰슬러 선생님의 축축한 발음이 생각난다. 아주아주 작은 수포들이 튀어나오는. 수포……, 물……. 그런데 기차가, 기차가 늦게 올지도 모르니까, 플랫폼으로 달려가라고도 했지……. 하지만 나는 이제 달릴 수 없다. 오직 기어갈 수밖에 없다. 나는 글자 그대로 기어간다.

문득 나는 엘아마리요의 김이 무럭무럭 나는 목욕통 속에 들어가 있다. 그런데 그 증기 속에 마르타가 아니라 어머니와 아버지가 보인다. 그들이 전라의 모습으로 증기 속에 녹아든 채 미소를 짓고 있다. 나는 너무너무 기쁘다.

이번에는 태양이 나를 깨운다. 난 두 눈을 뜨고 내 머리 위를 맴도는 새를 본다. 목이 벗겨진 놈이다.

공포가 나를 소생시킨다. 이러면 안 돼! 나는 가까스로 팔을 들어 몇 마디 소리를 지른다. 날짐승이 날아가 버린다.

독수리는 가장 먼저 두 눈을 파먹는다는 이야기를 언젠가 읽었거나 들었다. 두 눈은 특별히 맛있다고 한다. 내 눈. 녀석이 내 눈을 가져가게 둘 수는 없다!

이곳은 지구의 중력이 특별히 강한 것 같다. 내 몸은 보통 때 몸무게의 세 배가 된 것 같다. 나는 일어날 수가 없다. 단지 머리만 들 수 있을 뿐이다. 고개를 들고 지평선에서 찾아보려던 것, 그게 무엇이었더라?

저기 있다! 그 나무, 그 나무가 있다! 나무가 서 있는 도로가 있다! 사슬처럼 잇달아 서 있는 전봇대들이 보인다. 지평선보다 가깝다! 1킬미터로 반, 기껏해야 2킬로미터!

나는 무릎을 꿇고 엎드린다. 급할 때는 무릎으로 기어서라도 계속 갈 수 있다. 하지만 나는 내 무릎을 땅바닥에서 일으키고 싶다. 나는 그렇게 할 거다, 하고 말 거다! 나는 무릎을 위로 들어올린다. 나는 해낸다. 물 없이는 작동하지 않는 이 똥 같은 몸, 땅에 들러붙어 있는 이 비참한 무게, 이 빌어먹을 살과 뼈의 덩어리, 이 것이 나와 무슨 상관이 있는가?

나는 일어섰다. 나는 다시 일어섰다. 보라색 점인 나. 이봐요, 도로 위에 있는 분들! 나를 봐요! 이봐요, 나를 봐 줘요! 나를 데려가 줘요!

그럼요, 뢰슬러 선생님. 난 포기하지 않아요.

나에게 물을 주세요

살다 보면 모든 것을 그대로 놓아두고 훌쩍 떠나 버리고 싶을 때가 있다. 삶을 포기하겠다는 뜻이 아니라, 지금처럼 계속되어서는 안 될 것 같기 때문이다. 한번쯤 멀리서 지금까지의 길이 내가 원하던 길인지, 원하던 길이 아니라면 수정이 가능한지, 가능하다면 어디서 수정이 가능한지를 재점검하고 싶은 거다.

이 책의 주인공 요나스는 우리나라의 대학수학능력시험에 해당하는 아비투어 시험을 앞두고 멀리 칠레로 훌쩍 떠난다. 우리로서는 거의 상상할 수 없는 일이지만 독일에서도 흔한 일은 아니어서 당연히 모두들 놀란다. 요나스가 떠나는 이유는 한번 탁 트인 곳에서 숨을 쉬고 싶다는 것. 그를 옥죄며 답답하게 하는 상황들은 학교 제도까지 포함한 기성세대의 위선과 타성, 친구들의 발 빠른 타협이나 우유부단, 그리고 무엇보다도 자신의 진로에 대한 불확신이다.

작가의 직접적인 체험이 녹아 있는 낯선 풍광 속의 여정도 읽는 이의 가슴을 설레게 하지만, 이 소설의 가장 큰 매력은 열린 결말이다. 많은 청소년 소설에서 집을 떠났던 주인공은 돌아온 탕자처럼 집으로 돌아간다. 그러나 이 소설은 요나스가 집으로 대표되는 기성사회와 기존의 인간관계로 복귀하여 집을 지키던 이들의 기쁨과 너그러움을 누리는 것으로 끝나지 않는다. 물론 일정한 시한 뒤에 다시 돌아가겠다는 말을 되풀이함으로써 기존 사회로의 재편입을 암시하고는 있지만 '다메 아구아', 즉 '나에게 물을 주세요'라는 풋말까지 이르는 것은 전적으로 요나스의 의지에 달려 있는 것으로 그려진다. 관계의 변화는 요나스의 생각 속에서 희망이 될 뿐 그 희망이 실현되리라는 보장은 어디에도 없다. 그러나 그는 포기하지 않을 것이다. 다시 주변 상황에 대해 회의와 불확실성이 엄습하더라도 물을 얻을 수 있는 기회 앞에서 포기하지는 않을 것이다.

옮긴이 김경연

칠레지도